冯仑

著

避疫六记

中信出版集团 | 北京

图书在版编目（CIP）数据

避疫六记 / 冯仑著. -- 北京：中信出版社，
2021.3
ISBN 978-7-5217-2698-5

Ⅰ. ①避… Ⅱ. ①冯… Ⅲ. ①散文集—中国—当代
Ⅳ. ①I267

中国版本图书馆CIP数据核字（2021）第 001146 号

避疫六记

著　　者：冯　仑
出版发行：中信出版集团股份有限公司
　　　　　（北京市朝阳区惠新东街甲4号富盛大厦2座　邮编　100029）
承　印　者：北京联兴盛业印刷股份有限公司

开　　本：880mm×1230mm　1/32　印　　张：6.25　　　字　　数：137千字
版　　次：2021年3月第1版　　　　印　　次：2021年3月第1次印刷
书　　号：ISBN 978-7-5217-2698-5
定　　价：49.00元

版权所有·侵权必究
如有印刷、装订问题，本公司负责调换。
服务热线：400-600-8099
投稿邮箱：author@citicpub.com

目 录

自 序
III

拾书记快
001

抗炎记道
037

奉养记孝
065

持箸记史
097

悼亡记仁
127

收纳记巧
151

避疫书单
185

自 序
仅仅一年

疫情这位"不速之客"来访已经一年了,我原以为它只是短暂停留,没想到却变成了地球人的"常客"。

"新冠,原来是这样的",这是在一年以后我才有的切身感受。

马上又要过年了,人们对此似乎没有太多热情,渐渐也有些麻木了。经过一整年的磨砺,人们对节日、对假期、对春节都少了些期待,多了些平淡。这一年发生了很多变化,这些变化对未来究竟会有多么大的影响,现在我觉得还不太好说。不过可以确定的是,这些变化成就了一系列新词。

第一个词是"隔离"。

这个词以前离我们很遥远,只有在提到希特勒搞集中营、波兰驱逐犹太人,或者对待难民的时候,我们才会联想到"隔离",

所以在从前的概念中"隔离"是一件很恐怖的事情。

但是这一次,特别是去年春节前后的两个月,我体会到其实"隔离"在疫情来袭的时候还有另外的意义——"隔离"让我感觉到了温暖,感觉到了善意,感觉到了从容,也感觉到了安全。

隔离中最大的改变是人与人的距离。

如果把你搁到10平方米的监狱里,在你进去之前里面已经塞了20个人,监狱外面是围墙和铁丝网,你会感到压迫和窒息,内心充满被迫害的恐惧和愤怒。但是如果只是把你放在家里,让你尽量不要外出,不要参加很多人的聚会,这样的一种隔离,实际上会让你感觉到某种安定、安心和温暖。

由于跟外人的距离变远了,我们跟亲人和朋友反而有了更多的相处时间,于是变得更亲近了。我的一个朋友甚至说了这样一个笑话,他说:"我平时总是出差,和家人很少见面,如果再隔离下去,我就又要爱上自己的老婆了。"我觉得这是一种很有趣的现象。

当然,突然一下把平时有点儿疏离的人放在一个小空间,有些人也会感觉有点儿不适,甚至要重新去界定角色和彼此间的关系。比如有人在隔离期间家庭出现了矛盾,因为在一个不大的空间里,几代人天天见面,吃喝拉撒都在一起,产生了压迫感和局促感。

但总的来说,过去这一年,我们的隔离意识和体验增强了,

"隔离"也不再只是一个带有贬义的词。

第二个词是"呼吸"。

过去我对"呼吸"没有感觉，因为人只要活着就在呼吸，吸进新鲜氧气，吐出二氧化碳，这叫吐故纳新。我们从来没觉得这是一件特别的事。但是过去这一年大家突然戴上了口罩，于是我们知道呼吸大有讲究：如果不戴口罩，病毒就可能进入口腔、鼻腔，然后带来巨大的灾难。

这一年在"呼吸"这个问题上我感到很局促、紧张，特别是坐飞机的时候，常常很想把口罩摘下来，但是一看周围的人都还戴着，就努力忍受整个航程期间的憋闷感。

我才意识到原来呼吸也分自由的呼吸和不自由的呼吸。而且我原以为只有自由的呼吸是快乐自在的，是安全的，现在才知道，其实不自由的呼吸有时候对我们来说也是一种保护、一种安慰、一种生活的方式。相反，有时候完全自由的呼吸需要冒着巨大的风险。

所以现在在人多的地方，我们都知道一定要戴上口罩，这样有助于防御病毒。

总之，过去这一年在"呼吸"这件事上我们受到太多的限制，这是始料未及的事情。

第三个词是"口罩"。

以前都是生病的人才戴口罩，口罩设置了一道屏障，但也给自由呼吸设置了一道障碍。

我以前特别抗拒戴口罩，相信很多人也一样，它让人感觉很闷，而且呼出的气还得自己再把它吸进去，觉得这样非常不畅快，甚至会让人感觉模样有些怪异，所以总想把它取下来。

但过去这一年我搭乘了107次飞机，每次都要戴着口罩，在任何写字楼里、人多的地方也都戴着口罩，久而久之居然习惯了。现在戴着口罩，我感觉呼吸很顺畅，很舒爽，很自然。

甚至看了各式各样的口罩后，我觉得有些口罩还是挺好看的。我还发现戴上口罩以后，无论是女性还是男性，所有的人好像都变漂亮了，因为大家只露出明亮的眼睛。

口罩在这一年变成出门必带的一件物品、一种防护用具。我现在会在每一件衣服口袋里都放一个口罩，任何时候伸手都能掏到口罩，这样我才能放心地出门。这是一个很大的改变。

第四个词是"绿码"。

过去这一年"绿码"成了"护身符"。无论我们走到哪个地区、哪座城市、哪个村庄、哪家超市，都要显示自己的"绿码"。如果没有"绿码"，你都不敢出门，没法儿做生意了，甚至可以说如果没有"绿码"，你就不是个"人"，别人也不把你当个"人"。

"绿码"最初是从杭州开始使用的，现在成了全国社会管理、交通和防疫的最重要的工具。这个"码"的发明太了不起了。

起初我用这个"码"时还觉得有诸多不便，填写信息时要详细到家里的门牌号,很烦琐。在这之前相当长一段时间,我都不知道我家的门牌号是多少,这不是"凡尔赛",因为我也从来不记得别人的电话号码,只看通讯录里的人名。即便这样,这一年下来我居然也觉得习惯了,走到哪儿都会自动地掏出这个"码"。

万一"码"变色了,就得赶紧去医院,或者在线咨询医生,等于可以每天给自己做体检,这是太了不起的一个东西。

还有一个词也越来越被关注:线上生存。

因为疫情,很多线下活动搬到了线上。

在过去,线上开会半个小时、一个小时,我们觉得还可以,但是如果要天天在线上工作,大家肯定感到不可思议。然而这一年我们却习惯了这样做。线上开会一个小时、两个小时、三个小时都可以,10分钟也可以。

与此同时,各种线上办公、线上社交、线上娱乐、线上生活的产品和软件越来越多,我们逐渐感觉这是一件好事情。网络已经让我们分不出虚拟世界和真实世界。

假如你一整天不开手机,会突然觉得你的世界失重、失衡、失真。只有当你拿起手机,一会儿在线上,一会儿在线下,才觉得这是一个真实的世界。

而没有手机的时候,我们常常会感到不知道该怎么处理事情,怎么应对生活。

前两天我把手机落在一个地方,因为记不住自己的司机的电话，办完事出来以后我就不知道该怎么办了。后来我灵机一动找了辆出租车，跟出租车司机说："大哥，手机借我用一下，车钱给你多加点儿，你就带着我在四周转悠吧。"

于是我就拿着他的手机不断地给我能记住的号码打电话，但由于这个手机是个陌生号，我打电话过去对方总是不接。结果出租车司机带着我转悠了半个多小时，好在最后终于有人接电话了，我这才把自己解救出来，上了自己的车。

你看，如果出租车司机也没有手机，周围人都没有手机，我就抓瞎了。我就得走路回去，或者去硬拦别人的车。一想到要回到这样一种状态，我就觉得特别不可思议。

今天由于线上生存方式的出现，我们的效率大大提高：在任何地方都能实现办公、娱乐和沟通。这就是过去一年我们朝线上生存方式转变的结果。

我原以为疫情只会持续两个月，结果就这样，一年过去了。

不过，那两个月让我有了时间去翻检一些过去遗忘和疏忽的物件，思考一些事情，还完成了《避疫六记》。现在回过头再来看，值得写的远不止这"六记"，应该至少还有刚才讲到的"五记"可以加上，但是此情此景已不同了。

把自己隔离在小的空间、压缩在那两个月里，当时的心境，那份特殊的情感、特殊的观察、特殊的体验，对我来说弥足珍贵。作为疫情暴发被迫隔离时的私人生活的记录，我觉得还是值得再去回味一下的。

写这本书的时候，我脑子里第一个出现的是沈复的《浮生六记》，它是对私人居家、情感生活的一种美好记录。我借用这个"六记"到"避疫"的这两个月当中，所以取书名为"避疫六记"。

在整理本书的文字和图片的时候，我得到了多位朋友的襄助：安徽宣城的谢其斌先生和黄山黟县的汪彦女士分别托朋友搜集棠樾村牌坊群照片；特别让我感动的是，台湾著名摄影师许培鸿先生还专程前往林语堂故居拍摄。在此，我对他们深表谢忱！

这一年很特别，我们也经历了很多变化，但我希望这一年只有"仅仅一年"，今后我们必定会拥有更健康、更美好、更舒展、更灿烂的生活。

是为序。

2021 年 1 月 15 日
北京

拾书记快

在疫情肆虐的日子里，我们被迫隔离在家里，仿佛是自囚。没想到这日子不是1天，也不是10天，居然是30天、40天，甚至是60天。

我原本以为居家隔离会很难熬，就连我女儿也没想到，她说："老爸，你居然是超级'宅男'，怎么这么待得住？你就不想出去折腾了?!"

我告诉她，现在这个状态，我感觉非常舒服。因为在做生意之前，我当老师或做学术研究时就一直是这种状态，看书、写字，偶尔与人聊天，大部分时间不用坐班，所以并没有时间概念，几点起、几点吃、几点睡，都没人管，也很自在。只是做了生意以后，人变成了日程表的奴隶，变成了社会关系当中被迫强行快转的一个零件，某个流程当中的一个环节。所以，这些年我一直被事儿羁绊，一直被钱驱动，一直被他人役使，现在偶然得到这样一个纯粹的空闲，其实很自在，也很快乐。

当然，如果每天只是在屋里发呆，这种快乐对我而言也是有限的。我觉得最大的快乐还在于在这样一段时间里，我有一个很大的书房。从十几岁时认真读书开始，我就渴望将来有所成就后拥有一个大大的书房。书房中有各种门类的书，重点不在于多，而在于遇事可以找到答案。

小时候我常常想，世界上有这么多事我都不知道，万一遇到麻烦事我该找谁呢？父母不能解答，老师又不在跟前，当然那个时候也没有手机，没有百度，没有谷歌可以用来搜索。如果没有人可以求教，我不是成了笨蛋了吗？我要比别人聪明，就应该有非常多的书。而且一个书房就像一个私人的图书馆，图书馆里什么书都有，我有什么问题都能找到答案，打开书我就能知道接下来该做什么，怎么做。所以，这么多年来，尤其是做生意这 30 年来，我每一个办公的地方都会有一个书房，只有当四壁皆书、随手可以翻开书的时候，我才有一种安定感和安全感。

由此，我也形成了一个习惯，每当有疑问或遇到困难和麻烦的时候，我就会对着书柜一点点地挪动脚步，眼光扫过一本本书的名字，希望最后能够找到答案。因为每一本书的书名都能启发我某种思考。大多数时候，在还没有看完这些书的书名，我就已

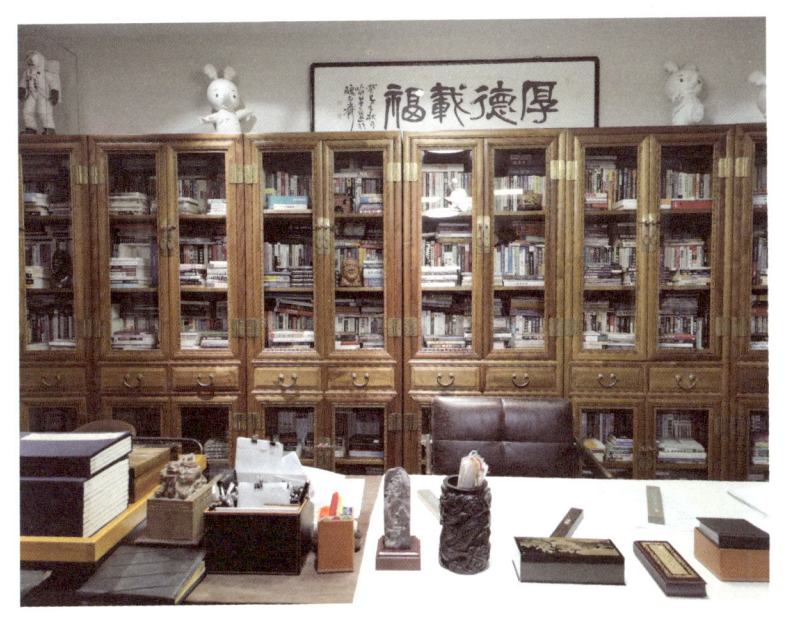

书房一瞥

经有了答案。所以,从书里我获得了很大的安全感,我感觉有无数既成功又聪明的人跟我在一起。因此,我在整理书的时候,并不觉得烦,反而感到特别快乐。

  我开始整理的这些书,大多是 30 年前我开始做生意后陆陆续续在国内的书店里淘到的,也有一部分是在世界各地旅行时淘到的。我在书房里一柜柜、一架架地翻检和归类整理它们时,就像和一些老朋友在这样一个特殊时期又喜相逢了一样,于是煮酒,论道,品茶,谈天,不一而足。

由于书太多,我面临着一个困难,就是怎样才能让这么多老朋友的脸都露出来。书柜中的书大部分是竖着摆放的,可是书太多,格子很快就排满了,其他书怎么办?只能横着摆放,在确保不遮挡书名的前提下,在竖着排列的书前面可以再横着摆上一小摞,同时,书上面空出的空间还可以摆进两三本。这样的排列方式,能确保每一本书的名字都露出来。如果看不到书名,对我来说是很大的缺憾,会让我生出一种强迫性意志,不断地倒腾和搬挪,而这恰恰是整理书时特别费周折的事情。我一定要让每一本书的书名都露出来,仿佛是在万人当中要一眼能看到那张脸,找到自己的老朋友。

　　过去有很多的老朋友一直在书房这么陪着我,但是我却忽视了他们,几乎没有跟他们打招呼。每天回到书房的时候,我只是坐下来,蜷缩在沙发中,疲倦而又慵懒,甚至喝杯茶就睡着了,完全冷落了这四壁的图书。

　　这回整理完这些书,我便明白其实他们一直在用眼睛注视着我,用生命陪伴着我。隔离在家,我有了大把时间可以把他们一一请出来聊天,不要说几十天,哪怕一年、两年,我依然会快乐如初,欣喜如初,不停思考,放长眼光,始终对生命充满热情,对未来充满信心,感觉生活依然很美好。

在武汉，颂自由

在翻检旧书的时候，我突然发现一件很有意思的事，那便是有一些书竟然能跟当下的境况产生勾连。

居家隔离是在武汉的新冠肺炎疫情暴发之后，"武汉"便成了这一时期的新闻热词。我居然翻出自己在武汉工作时买的几本书。

那时，我刚从中央党校硕士毕业，被组织安排在武汉带职下放，先是在武汉搪瓷总厂做厂长办公室主任，就住在现在的硚口区，也就是2020年初疫情比较严重的一个区，然后又在武汉市政府部门工作了大半年时间。

那段时间我除了上班，偶尔有些社会活动，其余时间大多是看闲书。我有一个习惯，每买一本书都会在扉页写上名字和年月日，除了写"阿仑"，有时也会写我父亲曾经给我取过的另一个名字"冯胤"。

手边这本是《弗洛伊德传》，扉页上面写的是"胤86.11.1于武大"，显然是在武汉大学买的书。

我依稀记得，那年有一个朋友要远行，我们约了几个好朋友，在一个雨夜来到东湖边上畅谈，这个朋友唱起了《出塞曲》。秋雨潇潇，我们居然穿着短裤，淋着雨，边畅谈，边唱歌，边喝啤酒，激情澎湃，壮怀激烈。

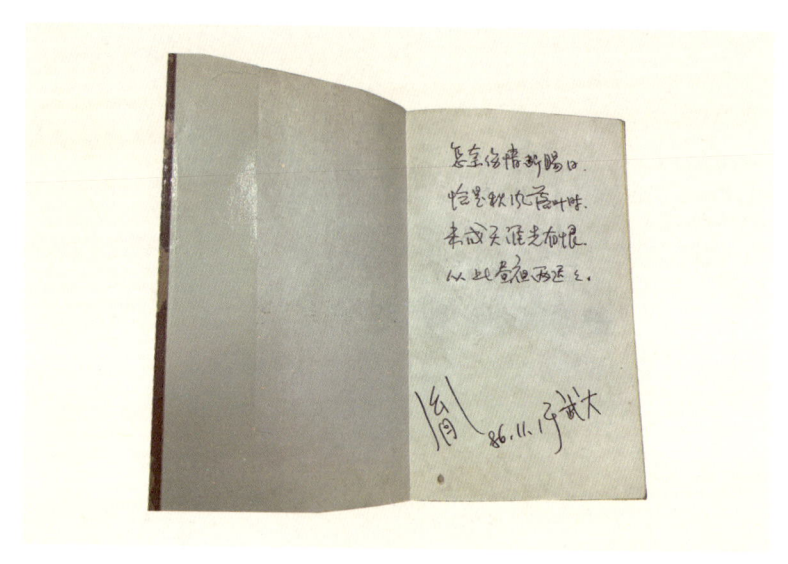

《弗洛伊德传》扉页

我记得那天我们一直到天快亮才解散，后来我居然还在书上写了两句话：

怎奈伤情断肠日，恰是秋风落叶时。

未成天涯先有恨，从此昼夜两迟迟。

那一年是 1986 年，我当时 27 岁。这本书让我又看到了曾经的自己，曾经的武汉大学，曾经的东湖，曾经的深秋，曾经的雨夜和曾经的诗酒与豪迈。

在《弗洛伊德传》边上还有一本书也是在武汉大学买的。这本书名叫"不朽"，是我做生意后又去武汉时买的，看扉页标注的

部分藏书

时间是 1992 年 10 月 17 日。

另外一本和武汉有关的书是《雪莱抒情诗选》。我买这本书只是因为里面有英国浪漫主义诗人拜伦的几句诗。他是这么写的："然而，自由啊，你的旗帜虽破而仍飞扬，招展着，像一阵雷雨迎着狂风。"

这句话最打动我的是，"自由啊，你的旗帜虽破而仍飞扬"。也就是说，一种理想，一个美好的愿望，或许并不完美，但仍可以激励人们朝既定的方向去努力、去奋斗。

刀笔匠，讨生活

做生意之前我看过很多书，出于学术兴趣也写过几本书。

特别有意思的是，在整理书柜时，我无意中翻出自己参与编写的书。这类书是"讨饭吃"的书。什么意思呢？比如我居然翻出来一本《当代国外政治丑闻大观》，这是1990年我组织编写的。为什么要编这个书？因为我有一段时间财务紧张，也没别的手艺，但我会编书，于是组织人编了这本书，换钱吃饭。

记得这本书编辑完成后，我连夜把书稿给书商送过去，他给了我800块钱。那是1990年上半年的事了，这大概算是当时我得到的最大一笔现金，足以维持两三个月的生活。那会儿我回家时捧着装钱的信封，简直视如珍宝，欣喜若狂。

在编这本书之前我还有干部身份，有工资，但是写书、编书大多也是为了讨饭吃。那时我是中央机关干部，具体是在中央政治体制改革领导小组里参与一些项目，正经做事，是一份非常体面的工作。

当时我们编了一套"政治体制改革研究与资料"丛书，同时主办了一份名为"政治体制改革"的杂志，另外还成立了"政治体制改革研究会"。我参与编撰的这套丛书一共有几十本，应该是中国过去这几十年里，关于政治体制改革的比较系统和完整的参考书。

我是这套书的主要编委之一。这会儿再看到这套书，仿佛看到了自己当年充满理想和激情的样子。当然，当时我编这套书的激情背后还有另一套逻辑。所谓"理想很丰满，现实很骨感"，这

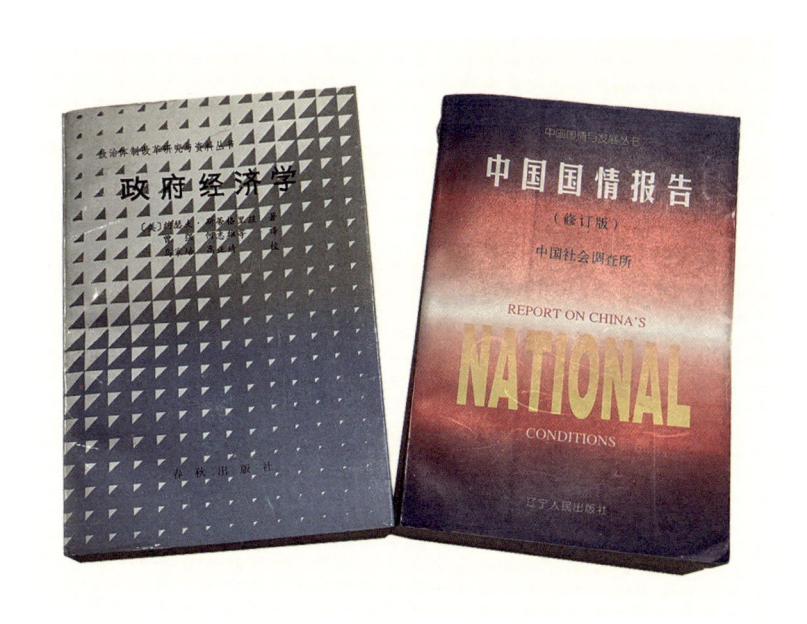

参与编写的书

句话是后来我常常讲到的,也是自己真切的体会。

编完这套书之后,我又主编了一本《中国国情报告》。回想起来,我是通过这本书跟胡鞍钢认识的。那时鞍钢是其中一位作者,刚从国外回来,好像在北京钢铁学院的一个生态中心。他跟我的一个同学是一起插队的朋友,由同学介绍,我们就认识了,后来一起研究中国的国情,编了这本《中国国情报告》,我们也就成了非常熟悉的朋友。

我记得编这本书没拿到什么钱,但是组织编写这本书的过程

参与编写的书

非常有意思。作者很多,不少人后来都成了"牛人",事业很成功,如张维迎、胡鞍钢、卢中原、盛斌、王振耀等。

这本书共计 80 万字,由 20 多个作者分头写成初稿,再由我和盛斌总其成,组织工作繁复且周折。在组织编写的过程当中,大家有很多的讨论和交往,逐渐也成了朋友,这是一个非常好的体验。

回头看,整个 80 年代,我们一边思考和体察国情,一边研究和推动着经济体制改革、政治体制改革和社会体制改革。这是我人生当中拿别人（政府）工资时干的最重要的事儿。我研究改革，没想到自己最后倒放弃了铁饭碗，成了民营企业经营者，自己挣饭吃了，这是后话。

读鲁迅，救自己

1984年我开始上班，在此之前，可以说从中学时代起，到研究生毕业，我一直偏爱鲁迅。

这回疫情蔓延时，鲁迅又小火了一把。很多人心中郁闷而又发泄不出时就拐弯抹角地搬出鲁迅。鲁迅有一个特别矛盾的形象，在教科书里一会儿被拿上去，一会儿又被拿下来，在官方和民间的话语当中，一会儿被捧起来，一会儿又被摔下去。

我十五六岁时第一次知道鲁迅。现在我手边有两本几乎翻烂了的鲁迅的书，是《鲁迅全集》的第一卷和第二卷，1973年的版本。这两本书我反复看过很多遍。第一卷被书皮包着的地方有多处裂痕和破损，书页之间夹着很多纸条，内文中多处留有我的批注和感想。

有人说，我说话不太正经时，像是受了鲁迅的影响。鲁迅说，说话要有意思，应该学习"三种语言"：第一种叫作书面语言，这是正经的表达，必须要懂；第二种是俚语，就是乡间方言、土话；第三种是外语。在说话的时候，如果掌握外国的词汇，民间的十分接地气的方言、土话,再加上书面语言或文言文,你的文字就会与众不同,更有味道。

我专门挑了一篇有批注、曾经留下感想的地方细看。原来是《呐喊》里面的一篇小说《阿Q正传》,是鲁迅在1921年12月写的。

小说结尾的一段话是这么写的:"至于舆论,在未庄是无异议,自然都说阿Q坏,被枪毙便是他的坏的证据:不坏又何至于被枪毙呢?而城里的舆论却不佳,他们多半不满足,以为枪毙并无杀头这般好看;而且那是怎样的一个可笑的死囚呵,游了那么

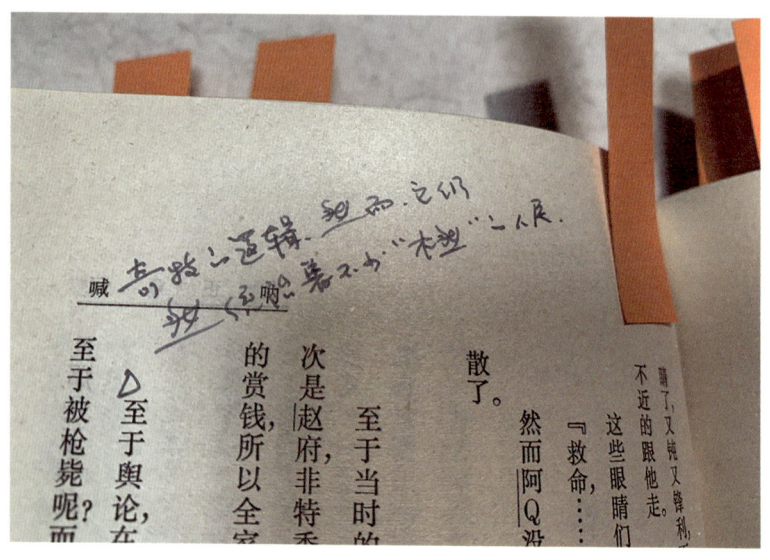

《阿Q正传》眉批

久的街,竟没有唱一句戏:他们白跟一趟了。"

我在这段话的旁边写了一段感想:奇特的逻辑,然而它仍然统治着不少"木然"的人民。

哎哟,我怎么十几岁就琢磨起这事儿,这在今天看起来有点儿不可思议。何必琢磨这么大的事?人民木然不木然,由人民自己决定好了,这是我今天的心态;可那个时候我梦想着管大事,尽操心人民的事。但是我后来并没有"管大事",反而经历了许多思考的痛苦。

《鲁迅全集》里,我喜欢看的还有很多文章的标题,比如说有一篇,我也做了标记,叫"非革命的急进革命论者"。鲁迅有一篇文章叫"文章与题目",受他影响,我现在还时不时在题目上多费些脑子。鲁迅还写过一篇叫"从讽刺到幽默"的文章,概括了讽刺和幽默的区别,强调幽默是智慧和自信的自然流露。

我还看到一本书,上面也盖着早期我父亲给我刻的印章(冯胤),书名叫"毁灭",1973年的版本,作者是法捷耶夫,翻译者是鲁迅。可见那个时候我是鲁迅的"死忠粉",逢鲁迅必看,逢看必做笔记。

虽然读过的东西不少后来真的是忘了,忘了那些句子,忘了自己写过的感想,它们就像我吃过的饭一样,少部分变成了营养,多数变成排出去的便便。但是,我活到今天,在读鲁迅的过程中得到了一种滋养。

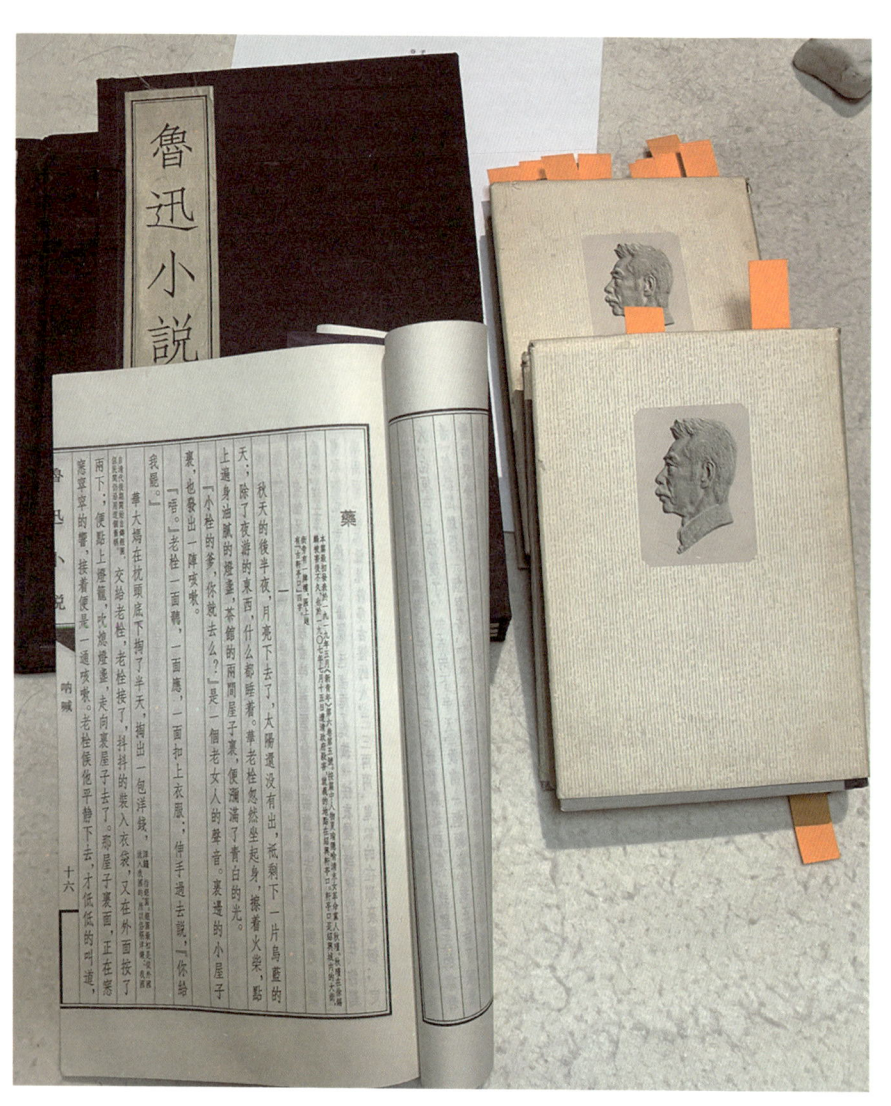

部分藏书之鲁迅作品

前些年，我有幸认识了鲁迅的孙子周令飞。令飞先生也时常讲起祖父的这些伟大和独特的人生经历，以及那双刺透人心的眼眸和深刻解剖中国人灵魂的文字。令飞先生现在是鲁迅文化基金会的负责人，他要使鲁迅永远活在人们心中，这是他的一个使命。当我翻到这些书的时候，我又想起令飞先生的这个使命，真的值得他永远坚持下去。

应该让鲁迅一直活着。

看到这些旧书，会想到一些旧人，这也是很有意思的事。

"不正经"的经济学

1977年我考上大学。大学期间，我主要学经济学，和张维迎同班。可是我们在读经济学时却遇到了两位"最不正经"的经济学教授。这两位当时"最不正经"的经济学教授，却对我们产生了最大的影响，给我们带来了最多的激励和启发。

这两位经济学教授中一位是茅于轼，他当时在铁道部。我记得他给我们讲经济学时，讲的内容和方式与众不同，不是讲西方经济学那一套，也不是按照当时政治经济学的套路，从商品、货币、《资本论》开始讲起。总之，他讲的东西很特别，很吸引我。

另外一位非常特别的经济学教授是我们的大学老师，叫胡

胡老师的《非平衡系统经济学》

传机。他当时讲普利高津的热力学平衡系统，后来创立了自己的"非平衡系统经济学"。胡老师总爱讲热力学定律，第几定律我记不大清，但是讲了熵，讲了开放系统怎么保持动态平衡。当时所有讲正统经济学的经济学家都会批判他，不屑于跟他讨论，于是他跑到了深圳大学，写了《非平衡系统经济学》这本书。我今天翻着翻着就把这本书找到了，看着书，便想起胡老师当年大胆建立新的学术架构，带领我们冲破传统经济学的思考模式束缚的故事。

我觉得这两位是我在读经济学时遇到的"最不正经"的经济学教授，但是恰恰是他们给了我最大的勇气和启发。受老师的影响，我有时候想问题确实也不太会从正经处下功夫，而且喜欢并愿意从非常规的角度去看问题，希望以此获得更开阔的视野，找到一个与众不同的答案。

其实，事物本身就具有多样性和复杂性，我们为什么非要一以贯之地死守一个视角呢？好比拍照，如果你一直从一个角度拍照片，有什么可看的？照片之所以特别，是因为你在不同角度、不同光线的条件下会得到不同的影像；你捕捉到的东西不一样，照出来的相片才有意思，将这些不同的角度合起来才是一个完整的事物。

所以我觉得胡老师的《非平衡系统经济学》很值得再翻看。这本书是先生 1987 年在深圳大学时写的，算起来已经有 30 多年了。不知道胡老师现在是否还在深圳大学教书，真得感谢他，是他教我从一个"不正经"的角度去看经济学。看到这本书时，我也产生了一个冲动，再去深圳的时候一定要去看看胡先生！

骨头与面子

还有一些书，也特别有意思，就是跟我有交往的人、一些朋友送给我的书。其中一部分是专门写书的人，也就是作家本人送的书。像贾平凹、吴晓波、余秋雨、易中天、白先勇，这些朋友送的书当然很好，而且上面有签名，很亲切。

另外一部分书的作者，不是专门写书的。比如，这里有一本书，作者是刘永好大哥的太太。收到这本书以后，我居然把它放在架子上搁置了这么久。以前读书，我会"急用先学"，也就是会先看那些所谓跟生意有关的书。因此，大嫂的这本书，以前看过一部分，但看得没那么仔细，现在整理书时又拿出来细读，觉得很有味道。

这本书是2012年出版的，也就是8年前。今年（2020年）过年的时候，我去看望大哥大嫂，在他们那儿待了一天，很开心，聊了很多家长里短，吃了大嫂做的饭，见到了大哥一家人的相处方式，他们真的非常亲切，非常有活力。

我在翻看这本书的时候，偶然翻到了大嫂写她儿子的那一篇，读后很感动。这篇文章叫"亲爱的儿子，我的小情人"，讲她跟儿子的相处和儿子成长的事。文章中讲了一个细节，就是儿子在学游泳的时候，会主动找一个人来帮助他，而不是让妈妈在旁边看着；他学会自己解决问题，后来还能教别的小朋友。对于这样一个细节，母亲感到非常欣慰和高兴，很欣赏孩子在成长的同时能理性地解决问题，并帮助他人。

书中的这一细节，成了现实世界完美的注解和印证。这次过年我和永好大哥在一起的时候，正好见到了大哥的儿子。他现在已经快 20 岁，刚上大学，一米八的个子，非常挺拔，的确符合大嫂在书里描述他的成长过程给人的印象：理性、积极，知道节制，知道放弃，知道进取，知道帮助他人，是一个有很多优秀品质的年轻人。

这本书的名字是《快乐绽放》。前些天见到大哥大嫂的时候，大嫂给我展示她的抖音账号，有四五十万的粉丝了，上面的视频传达的信息也很积极、乐观，让人感觉美好其实就在眼前。

我们都会被这种快乐的情绪感染。但是过去由于匆忙，我并没有好好停下来感受。今天整理书柜时，我把它拿出来看一看，觉得生活真的很美好。的确，快乐应该绽放出来。

部分藏书

还有两本书，也是朋友给的。给我书的朋友是个很特别的人，他虽不是中国人，但中国话说得很好，尽管不是中文系毕业的，但是汉语水平之高，居然能让他用中文写作。他是一个英国人，写了两本关于清朝末年至民国时期的书，这两本书，光看名字就会让人觉得非常有意思。

一本是《慈禧的面子》，另一本是《乾隆的骨头》，每本书都有五六十万字，是中国历史小说。

我读这两本小说，觉得他写得真细腻，让人感觉到，在中国

《乾隆的骨头》扉页

的皇权社会，从皇帝的思考角度来说，的确就是骨头和面子的问题，只是要考虑什么时候展现骨头，什么时候要保住面子。

实际上，他写的是三部曲，除了《慈禧的面子》《乾隆的骨头》，还有第三部。第三部还没给我，我觉得之后应该会得到。

这两本书的作者亚当·威廉姆斯先生曾是英国怡和洋行在中国大陆的首席代表，他们家族与怡和洋行的创始人的家族，也就是凯瑟克家族，有差不多一个世纪的交往。

所以威廉姆斯长期在中国香港、伦敦和中国内地之间往返，又在意大利几个地方生活和旅行。他的太太虹影也是一位著名的作家。威廉姆斯和虹影结婚以后，这对作家夫妻时不时会组织一些小聚会，我有时也会参加。

我记得威廉姆斯送给我他写的小说的时候，我有点儿吃惊，一个英国人居然写了中国清朝末年至民国时期的故事，而且写了三部曲，我觉得这是一件不可思议的事情。

我在《乾隆的骨头》一书中还看到了一封信。信中他首先写了一段个人的事，说"我也写了书"。他说："我的'中国三部曲'之二，中文叫作'乾隆的骨头'，终于出版了。这本书讲的是民国军阀割据时期，凯瑟琳年纪轻轻就经历第一次世界大战、俄国革命，以及大学毕业后前往中国寻找失散的父亲的故事，中间还涉及共产国际，涉及家族之间的恋情以及民国初年的各种战争，第一次国共合作，直至张作霖遇刺。"

一个老外，居然把这些故事写得那么仔细，所以我看这本书时的感觉很不一样。

大家知道，我还有个好朋友，王石。他写的书当然都要送给我了。大家可能也看过，我觉得都很棒。除了他自己写的书，他觉得一些书好时，会买来送给我；我看到一些书，觉得好时，也会送给他。

王石送我的书中，有一套盐野七生的《罗马人的故事》，这套书有十几本。王石特别推荐给我，后来他还专门写了序推荐这套书。我记得他送我的这套书还是在香港买的。

我送给王石的成套的书，是商务印书馆出的"汉译世界学术名著丛书"，一共五大类，几百本。我有一次去他办公室，看见书放在他的办公室里，我觉得挺开心。因为这一套书是我学生时代很喜欢的。国外的各种各样的思想、智慧，人类的思考，差不多都在这一套书里。所以送给朋友这一套书，我觉得相当于送给他人类所有的智慧，也给了他很多朋友，他在遇到困惑的时候也可以从中找到思路或灵感。

所以，再看一看朋友送的书，也是我这次翻检过程中的一大乐趣。

没有出版的书

我在翻检的过程中，居然在书柜里找到一些没有出版的书。一种是写成之后没有出版的，还有一种是写了但是不准备出版的。

写成了而不准备出版的这本叫"终极寓言"。成书应该在十几年前，作者是一个传奇人物，做生意之前就已经是很知名的作家了。后来他做了生意，遇到一个证券上的麻烦，于是在江湖上消失了一段时间。当时我还不认识他，他再回来的时候，通过一个朋友找到我，说一定要见我。

听到这个事之后，我说："这大哥回来了？"朋友说："回来了，大哥没事了。"我问："有啥事啊，要见我？"朋友低声、有几分神秘地说："大哥写了本书，说这个书只有你能看懂，对你有用，所以想见你。"我说："是吗？那我先看看书吧。"所以我拿到的这本书是白皮状态。

坦白地说，拿到书之后，我看了一下，多数没看懂。因为书中所有的思考体系、语言体系和概念体系都是他自己的。我举几个例子吧。他讲"人的最终极基因去锚之窗何在"，这谁能懂啊？"中国人对人类演化的最具决定性的 10 组去锚贡献，让人发现人的最终极基因去锚之窗何在"，这话都不大容易懂。后边有一个标题，"上帝设计的古代去锚之窗"，还有"把 21 世纪蝶变为人的最关键去魅世纪""母体去魅世纪"，这些话也不好懂。

部分藏书

我看完整木书后，就告诉朋友："大哥这词整大发了，可是我不是特别明白他要说什么。"他说："那就和大哥见一下。"我也很好奇，就答应了。后来就在万通中心边上一个吃韩餐的地方，我们见了面。在那之后我就跟这个大哥时有见面，见面的地点都是在一个没有门牌号，具体也不太好找的一栋楼里的一个空间，我每次都是晚上去，所以也记不大清楚路线。

于是我和大哥聊了很多，最后居然谈到了环保，谈到了立体城市圈，说城市应该做成这样。因为我做房地产生意，所以很有兴趣。研究着研究着，有一天我跟大哥说："大哥，这事不能光说，还是要干。"他说："要干也只有你能干。"我被他一鼓动，一股热血上涌，说："那好，大哥，我干。但是这事儿不干则已，要干就是一辈子。所以我得想好，你也得想好。"他说："我支持。"这样我就有了立体城市的想法。这件事干了十几年了，还没有干成，赔了很多钱，但是我一直没有放弃这个想法。

今天看到这本书，我又感到很多梦想、激情和理想，可能来源于这样一些冲动的使命，或者来自一些很玄乎的事。看到这本书时，我有一种"张良在桥下捡了双鞋，上去跟黄石公换了一本兵书，最后成就大业"的感觉。遗憾的是，我捡的不是兵书，而是《终极寓言》，而且到目前为止还没有成就大业。哪天我得找大哥再聊聊这事儿。

还有一套从来没有出版过的书更有意思。我们有一个俱乐部，叫金鼎俱乐部，是海航集团陈峰董事长和我们一块儿创办的。陈峰董事长是主席，我算是协助他，做副主席。这也是10多年前的事了。那时陈峰董事长特别鼓励我们要好好地读国学，除了带我们去南怀瑾老先生那里学习、修行以外，他还专门让秘书处编了这套"金鼎文化丛书"，包括《国学初基入门》《幼学琼林》等等。

这是我看到过的关于中国传统文化的出版物中，相当好的一套书，无论是版式、内容的趣味性，还是纸张的手感都非常好，所以我一直珍藏着。

这两天收拾书柜的时候，我又看到了这套书，从书里可以看到陈峰董事长的用心。当年他还为这套书写了一篇序。这个序的最后一段是这样的：余自常常感叹，中华文化像一潭深不见底的海水，又像高不可测的天空。当你站在海水之外，当你对高空只知仰视时，你是不可能得其精髓而习之的。只有进入那海洋之中，只有飞入蓝天白云之间，才可得之真传，才可为自己的精进人生添上一笔丰厚而又宝贵的资源。愿吾与同人共同努力。

这是陈峰董事长写的一段话，是我非常深刻的一个记忆，关乎我们在一起交流时谈得最多的文化的根基问题。这本书没有出版。

还有一本没有出版过，我相信也不会出版的书，叫"张少杰文选"。张少杰曾经和华生齐名，一起合作写了不少关于经济改革的著作，后来我们一起共事，也是好朋友。我刚开始做生意时，他是恒通公司总经理。

很有意思的是，我们一个单位的人，也不知道为什么，无意中竟然都对"通"字产生了独特的爱好。从我们单位出来做生意的，创办了至少十几家名字带"通"字的公司。我们叫"万通"，张少杰办的公司叫"恒通"，然后还有"永通""贯通""润通""亿通"等等，以至于有一次一个在政府机构工作的朋友跟我们开玩笑："其实你们合起来办一个集团就够了，叫'串通'，你们干脆叫'串通集团'。"我就开玩笑说："你这真是阶级斗争思维，这弦一绷起来，无意中的'通'就变成了串通。"这也是很有趣的一件事情。

这本书是什么时候编的呢？张少杰应该是改革开放时期，特别是早期经济体制改革时期一位优秀的经济学家，也是一个贡献良多的经济学家。在经济改革方面，他参与了当时很多政策的制定过程，也提出了很多重要的见解。遗憾的是，少杰英年早逝。他去世的那一天，我们都非常悲痛。我们这几个北京万通实业股份有限公司的早期创始人跟少杰都非常熟，我就约王功权和刘军，一起去上海龙华殡仪馆参加少杰的告别仪式。到上海的那天，我和功权说好第二天一起走，就订了同一家酒店。

安顿好以后，我因为晚上要去见个朋友，就跟功权留了个话："晚上咱俩就不一起吃饭了，我去见个朋友。明天早上咱们一起走。"结果到第二天早上，功权的电话就打不通了。我也没在意，猜想他可能自己先过去了，于是我就自己去了龙华殡仪馆。在告别室我也没找到功权，看到刘军，我问他见到功权没有。他说："没有。"我就说："那待会告别仪式结束了，看看功权在哪儿，我们聚一下。"

告别仪式结束后，我们几个朋友还没找到功权。后来他夫人打电话跟我找人，我这才知道，那天晚上我去跟朋友吃饭的时候，功权"私奔"了。后来大家通过网络也都知道了这个曾经在全国闹得沸沸扬扬的当代"私奔"故事。

所以看见少杰的这本书时，我就想起这些往事。私奔是追求自由的生命。我们本来是去告别少杰的死，结果有人去奔着生。

《张少杰文选》之怀念少杰

人生总是这样,向死而生,或者向生而死,始终充满着这样一种具有故事性和不确定性的选择。

这本书里最主要的一页,有一张照片,一副对联,是对少杰的怀念。对联是这样写的:

庙堂中,刀头舔血,火里邀杯,冲冠一怒,本是活土匪。

江湖上,笔走朝纲,心系百姓,散尽千金,实乃真书生。

活土匪、真书生,这就是我们的好朋友少杰。

这些书虽然没有出版，而且今后也不准备出版，但它们的故事、价值，和那些正式出版物放在一起，丝毫不逊色，而且更打动人心，更有冲击力，更让我难以释怀。

客厅书、线装书及其他

从书的形式上讲，最重的书往往是客厅书，这是很特别也很有意思的一类书，其中大型画册、纪念册的封面往往还带着硬套。

这些书我通常是没时间看的。只有在现在这样的时候，在这样的心情下，我才会把它们一层一层的壳打开，让书的真实面貌露出来，放在客厅、书房的桌子上，然后慢慢欣赏。

最近这几天我看到的最有意思的客厅书有杨飞云的大型画册，何家英与管峻的大型画册，还有一本是《故宫经典：清宫盛世典籍》，故宫出版社出版的。

很多人看客厅书不太认真，事实上客厅书花费的成本非常高，不仅制作精美，保留的文献、图片和其他资料也都非常有价值。所以仔细地看客厅书，也是我这些天非常有趣的一个体验。

我每次到怡和洋行主席凯瑟克先生的庄园时，都会看到他的客厅放着客厅书。这些书主要是他们公司、家族的大型画册，艺术家的画册、影集，还有一些艺术作品或者一些城市的纪念册，一些大型活动的文献,以及一些有价值的资料。客厅书大体就是这几类。透过这些书,我们能更好地了解藏主的兴趣和性情。

不管什么书,我对书的形式还是很在意的。这么多年跟书打交道,除了内容,我觉得书的形式也得是有趣的。

我最喜欢的书其实是线装书。当然,今天大家看线装书的机会很少,但是从纸质书的角度看,线装书有它的优势。第一是轻,这一点很重要,因为现在的书大都太重,携带不方便。第二是它的纸很柔软,不易有折痕。第三是有清香味,有书味。线装书的纸一般是用竹子和稻草制成的,所以有天然植物的香气。当然还有墨香味。现在很多纸质书已经没有这些好闻的气味了。更重要的是线装书很照顾读者:字大,另外竖排有夹注(夹在正文字句中间的注释文字),有眉批(在书眉或文稿上方留有空白,看书人可以写感想)。拿起一本线装书,如

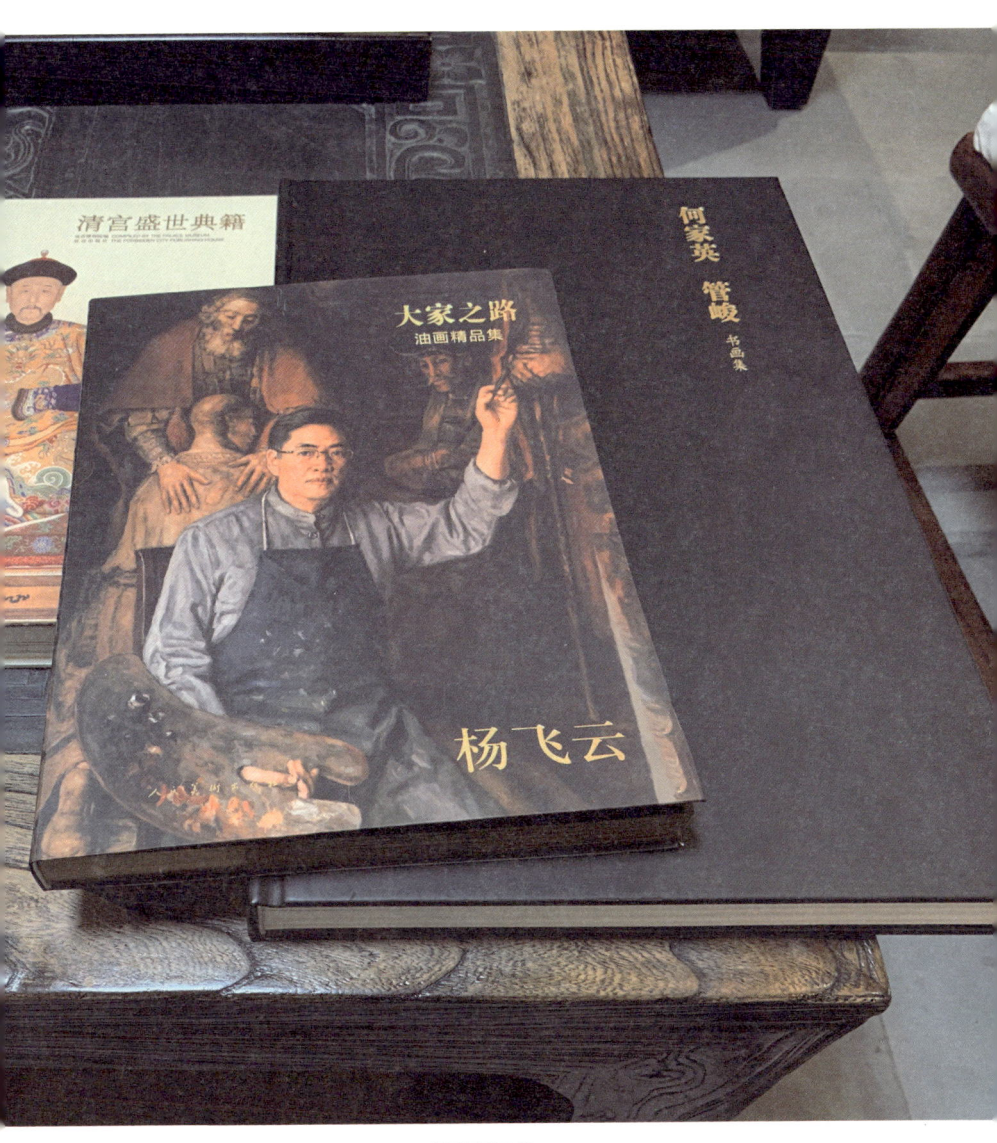

部分客厅书

果前人读过,感想都写在书上,读者也可以受到启发。

我有一个书柜,装的全是线装书。而且,哪怕是经常看的,像中国的四大名著,我也会去打听有没有线装版。如果有,我还是会找线装书来看。在安静、闲适的时候,拿起一册线装书,可以把它卷起来看,真就有点儿古人看书的感觉。

这几天整理书,我也有一个特别不愉快的体验,就是我买了一套特别喜欢的书,但是这套书的形式感太差。我在中学时就偷看过半本《东汉演义》(现出版作品多名为《后汉通俗演义》),反复地看了很多遍。我也不知道当时从哪里弄到这本已经被翻烂了的书。后来我才知道,清末民初的时候,一个叫蔡东藩的人写了《中国历代通俗演义》,一共几十本,其中就有《东汉演义》。

我在十几岁时看过半本残破的《东汉演义》以后,一直对这套书有感情,后来也陆续看了一些。这些天我在家偶然看到有广告说卖这套书,6大本卖160块钱,于是我在网上买了一套。等书到了以后,我打开一看,字排得密密麻麻的,看着太费眼了。作为一个读者,我觉得读得太累、太辛苦了,体验感不是很好,所以感到非常失望。

相反,看线装书没有那么累,我手边放着的还有一册线装的鲁迅的小说。凡是我喜欢的书,都会去找线装书来看,这对我来说要舒服得多。不光是字大,关键是版式、纸张的柔软度、书的香气都非常令人愉悦。

部分藏书

所以，如果能在一个悠闲的下午，守着一杯好茶，手持一册线装书阅读，那真是非常惬意的时光。

当然，非线装书也有非常好的。《阅微草堂笔记》是我很喜欢的一本书，是一本清代的笔记小说，作者是纪晓岚。现在居然有一家出版社把它做成了口袋书，而且还有插画，大字、小字分得很清楚。我觉得这本书的阅读体验就很好。口袋书非常轻，又很好看。

所以我在翻检这些书的时候，有点儿像是在做产品研究。我如果再写书，也会写房地产领域以外的书，我要把书这个产品做得让大家觉得阅读体验很好，拿着不重，携带方便，送人有面子，自己收藏有价值，而且愿意时时看。

说了这么多，总而言之，我在书房泡了一两个月，看了这么多书，同时也见了这么多老朋友，捡拾了这么多美好的记忆，真的其乐无穷。这大概就是疫情期间我能够在书房持续待下去，并且始终充满快乐的根本原因吧。

抗炎记道

健康问题是缠绕人一生的难题。每个人自出生起，父母长辈就对他寄予期望，希望他健健康康地长大。到了某个年纪，人们总会觉得自己一生中其他的事都是0，而健康是1。这个时候，健康的身体又变成了我们活下来的根本和活下去的目标。没有了健康，其他都会成为空中楼阁。

　　为了健康，人们发展出了健康产业。健康产业又衍生出和健康有关的器械、课程、方法等等。这些课程和方法的目的，除了让人活得明白，精神上健康，更重要的是让人活得结实，活得舒展，活得舒服，活得自如，也就是身体健康。

　　为了达到健康，我们想出了很多办法。其中，在室内健身是一个不错的选择。这些天闷在家里，除了看书，我也拿出一些时间来健身。在健身的过程中，我想起了很多跟自己的健康有关的事儿，这也引发我去思考健康到底依赖于什么，健康是怎么得到的，健康应该怎么保持。

我不是这方面的专家，但是我对此有切身的体会。曾经有两件事，让我跟健康形成了生死的交集。一件事是在1993年，我被误诊为癌症，折腾了3个月；另一件事是在1995年，我感染丙肝病毒，和病毒缠斗了20多年。通过这两次特别的人生经历，我对健康问题有了一些感悟，同时也知道了该如何关照自己的身体。

误诊癌症

先说第一件事。1993年的时候，我们刚刚在北京成立北京万通实业股份有限公司。当时我住在保利大厦，忙得不亦乐乎，每天不停地开会，特别忙的时候，从早到晚都吃方便面，一箱一箱地吃，有时候还喝大酒。在这期间，突然有一天后半夜的时候，我感到左边的小腿肿胀，非常疼。

我一看，小腿不仅红肿，而且鼓起来，皮肤紧绷、发亮，当时我非常着急。一个同事说他认识北京积水潭医院的人，连夜把我拉过去，第二天一早就安排拍片子。看了片子以后，一位值班医生摸了一下我小腿红肿的地方，马上断定极有可能是癌症，必须住院治疗。

我当时一下子就蒙了,想不明白:怎么会撞上癌症呢?但是当时也没办法,第二天我就在潘石屹(当时是北京万通实业股份有限公司总经理)和其他同事的帮助、安排下,住进了北京积水潭医院。

住进医院之后,医生开始给我做检查。为了看清我的小腿上长的东西到底是什么,以便最终确定是不是癌症,需要打加强液。直径将近5厘米的长针管,一管一管地把药物打进我的身体,靠显影剂来看清楚小腿上的肿块。打针之后,我感觉头昏脑涨,身体发热。这么折腾了两天之后,医生说:"没办法,一定要做手术。"

在这个过程当中,医生不断给我和家人灌输一个观点:如果把手术做了,把腿锯了,大概还能活两三年。

很有意思的是,人在苦难和痛苦面前,接受和妥协是一个逐步的过程。如果当下就死了,很多时候,大多数人都接受不了。所以我们经常会看到这样的情况:一个人遭遇横祸的时候,家人会崩溃,会患精神病,甚至会随之而去;但是如果这件事每天说一点,每天说得严重一点,于是家人每天接受一点,到最后,对死亡的接受就变成了一个心理暗示,觉得这是不可避免的,反应反而不会那么强烈。

类似的情况也曾发生在这次疫情的初期,一开始很多家庭不太能接受亲人去世之后不能马上告别这件事。随着对疫情的了解,大家慢慢在心里接受了这个事实，也就形成了一个共识——因为是得传染病去世，所以没有办法告别，一定要等几个月以后才能拿到骨灰。

我当时的心理状态也是这样：在恐惧中逐渐接受，最后同意锯腿。

一开始，我能接受的只是从小腿关节以下截肢，这样能保住命，然后装个假肢。当时甚至有假肢厂的人来给我推荐产品。三四天之后，要进手术室之前，医生看了病情之后跟家人说："发展得有点儿快，光锯小腿还不行，有可能大腿也保不住。"医生还叮嘱家人千万别告诉我，免得增加我的心理负担，影响手术。家人为此陷入巨大的纠结和痛苦。

这个过程非常恐怖。我内心也有些恐惧，每天都想知道自己进一步检查的结果。就像是一个犯了死罪的人，在等待判决时仍抱有一丝希望，盼着罪没那么重，自己还能够活；而在这个时候，这个犯人已经不在乎能不能出狱了。更多的时候这个犯人可能觉得既然要死了，那就给个准信儿，别老让自己提心吊胆、担惊受怕。究竟我还能活两年还是三年，医生你给我个准信儿，我也就决定接受了。

那时候我女儿才一岁半，我不知道怎么跟她讲这些事。我觉得，如果就此与世别过，那我要写一本书，把所有我想做的事，想说的话，想交代的事，写下来。我甚至给书取好了名字，一个非常朴实、简单的名字，叫"写给小小"（女儿的小名叫小小）。

我想清楚这些以后，还得面对手术这件事。在面对这件事的过程中，就得跟主刀医生沟通。据说如果截肢手术做得成功，也就是锯得好的话，之后装上假肢会比较方便，也舒服一些，如果锯得不好，装假肢就有困难，或者装上后感觉不舒服。

为了能让之后装假肢方便一些，我就在积水潭附近最好的一家火锅店（山釜餐厅）请主刀医生吃饭。我在轮椅上坐着，把腿架在轮椅扶手上，因为一放下就非常疼。我就这样陪着他们吃饭。

当时在山釜餐厅吃饭是非常有面子的。我看到一个数字，1980年的1万块钱，相当于现在的25万元人民币。我在1993年请主刀医生吃的那顿饭花了8 000多块钱，那么至少也相当于现在的十几万块了。

主刀医生也不客气，招呼来麻醉师和相关的护士，甚至还有家属，一共来了将近10个人。

当时我心里非常难受。我想起在清朝末年实施酷刑，凌迟的时候，要从犯人身上一刀一刀地割肉。行刑前，犯人得行贿刽子手。行贿刽子手做什么？就是请他在一刀一刀地割肉之前，趁人不注意一刀扎在心脏上，把自己扎死。这个时候再一刀一刀地割肉，犯人就完全没感觉，也不会痛苦了。请这些人吃饭的时候，我觉得自己很像即将受刑的人，我请他们先捅死我，然后再割肉。

吃完这餐之后，我就任由他们摆弄。先是备皮，因为可能要从大腿根上锯,所以护士得把我的左大腿根以下的腿毛刮得干干净净,然后消毒。备完皮之后,医生把手术的详细方案告诉了家属。因为担心这会增加我的心理负担,大家依旧瞒着我。第二天一早,家属签过字后,我被推进手术室,接受麻醉,瞬间失去了知觉。

等我再醒过来的时候,第一件事情就是摸腿,结果发现腿还在,我一下子又蒙了,不知道怎么回事,再看周围的人,都是真的,活着的。于是我意识到自己的腿还没被锯掉,就问医生怎么回事。

医生说:"我们把你推进手术室以后,发现你的小腿红肿得厉害,这说明有非常严重的炎症,按照手术的要求,有这么严重的炎症是不能做手术的。所以决定先消炎,等炎症消除了再手术。"

听到这个消息之后,我感觉天旋地转,就好像自己被拉到了刑场,"砰",听到一声枪响,以为自己已经死了,结果没死,又给拉了回来,不知道自己是活在现实世界还是活在阴间。

我就这样恍惚了几天。在这期间我每天都要输好几瓶液,是一种高浓度的广谱抗生素。每天吊着输液瓶,我半昏迷半清醒着,心知输完这些液体后还是要被锯腿,就像从刑场上捡回一条命,虽然没被处决,每天还有人喂两顿饭,但最终还是要被枪毙。

幸运的是,奇妙的事情发生了。我在连续消炎四五天之后,小腿上的肿块几乎没有了,疼痛症状也消退了!这样一个意外让所有人都感到很吃惊。主刀医生和主任医师都感觉很奇怪,认为要不要再锯腿,还得再观察一段时间。怎么观察呢?就是让我继续住院。那时我的感觉,就好像从刑场上把犯人拖回来,突然有人发现他不是杀人犯。那他犯的到底是什么罪呢?重新审案子再说。

我的腿仿佛也要经历这样一个过程。医生也要搞清楚这个肿块怎么这么快就缩小了,要甄别这到底是怎么回事。肿瘤科室的医生分成了两派,一派以主任医师为首,认为是肿瘤;另一派的一个主治医生认为一开始诊断错了,只是炎症,不是肿瘤。

于是一场争锋和讨论开始了,怎么讨论呢?每天早上查房的时候,主任医师带着一拨人,包括学生,来看看我的腿,摸一摸,最后觉得还是肿瘤,走了。之后,主治医生也带一帮人,也是十几个人,包括学生,男生女生都来摸一下我光溜溜的小腿,这一组就围绕炎症话题开始讨论。

这种状况就这样持续了将近一个星期。我想起一些文物,比如石雕的大象、狮子,有些关键部位都被人摸得发亮了。我感觉自己的小腿也被摸成了那样,但医生还是没有定论。我每天听他们讨论,感觉自己就像一个待判的罪犯,有人说应该无罪释放,有人说该判死刑。大家全然不顾我的感受,每天就在病房里争论这件事。这对我来说真是一种煎熬。后来,我一气之下就说:"你们别在我这儿争论,我支持你们拿我的腿做研究,到底是炎症还是癌症，把我研究清楚了，对别人也是帮助。"

他们接受了我的建议，真的研究去了。但是，两个星期后，医生仍然没有让我去锯腿，也没有把我放出来。最后他们给了我一个建议：在医院再住一段时间，就当炎症治，万一不再复发，那可能就是炎症，因为肿瘤不可能自己消失了。

经过这一番折腾，我原先的各种心理建设也就逐渐坍塌了。那时公司在西安有件急事要处理，我就问能否出趟差后再回来诊治。医生虽然不太赞成，但看我态度坚决，就说："也好，路上尽量少走路，每天早晚用中药泡泡脚。"于是开了足够两周用的中药给我，就把我放回去了。

离开医院后，我的感觉是，虽然放了我，但又没有说我无罪，随时可能又把我拉回去，定我死罪。

我带着这种郁闷的心情去了西安。刚好那个时候陕西正有"五神闹咸阳"，其中三个我知道的分别是神针、神圈、神功元气袋。我到西安后，朋友听说了我的病情，就很踊跃地推荐他的一个亲戚，说："是个神医呢，你要不要去看一下？"我那时候抱着"死马当活马医"的心态答应了。

朋友告诉我，我要去见的"神医"是"三神"中的神圈。我当时和很多人一样，在西医没有结论的时候，把中医当成了最后一根救命稻草。

于是我去了咸阳。在我的想象中，神医应该是在一个高宅大院里住着的仙风道骨的老者，就像小说里描写的那样。可是，到了神医家，我发现他住在朴素得有些简陋的居民楼里，70来岁，穿着一件特别不起眼的旧棉袄。他听完了我的讲述，号了脉，查看了小腿曾经肿胀的部位，然后进到里间，拿出一个大大的玻璃罐和一把不锈钢餐刀，外加一沓16开大小的马粪纸（用稻草等为原料制成的很粗糙的黄纸板）。他把纸摊开，不紧不慢地用很洋气的餐刀在上面涂满自制的黑乎乎、黏稠的膏药，然后贴在我的身上，我的后背和腹部，以及两条腿都被贴满了。

我很讶异，问道："我是腿上的病，你贴我的肚皮和后背做什么？"

他说："你身上积了30多年的病，我给你一起治了吧。"又说："回去后不能洗澡，等这些纸慢慢脱落；哪儿的病最严重，哪儿的膏药纸会最后脱落。"

我心里就开始嘀咕：我才不过35岁，你说我的病已经30多年了，这也太不靠谱了吧！

我就这样将信将疑地离开了神医家。

那时我在西安的家没有暖气，幸亏是冬天，半个月不洗澡还是很容易做到的。一周以后，我的腰部和腹部的膏药已经剥落了；大约到了第10天，最后一片膏药从曾经肿胀的小腿胫骨外侧脱落，我细细察看，发现了一个指甲盖大小的痂，颜色黑黑的。

我的腿病就这样好了，到今天为止，再也没有发作过。

直到五六年以后，我有一天在机场碰到北京积水潭医院的主任医师，主任医师还问我："你的腿病没有复发吗？"我说："你们没有研究明白吗？"他说："还没有，你这个情况还没有弄明白。"我说："我也不知道怎么回事，但是没有复发，显然不是癌症。"

后来，我跟当年的医生再谈起这件事情，他说，误诊的事实际上也偶有发生。

可是我后来一直琢磨，我这到底算什么病呢？有一天我跟父亲说起这件事，父亲说："可能是流火，在浙江老家，有一种病，就叫流火。"什么叫流火？我又问别的医生，他们说在中国北方，这种病有时候叫丹毒，还说丹毒中医也能治。我想，大概我这就是丹毒，咸阳那位神医的膏药大概就是治丹毒的。这是我给自己找到的解释，自此我算是把这事从心里放下了。

通过这件事情，我发现，要保持健康，不管是中医，还是西医，治疗的前提都是诊断，如果不能够精确诊断，后边的治疗都是瞎掰。

我被"癌"了几个月，这么折腾，起因是医生一上来就将我的病定性为癌症，如果一开始就诊断为丹毒，那就消炎，从西医的角度讲，消完炎就好了。

所以说，要解决问题，诊断是第一位的。我们说看病、治疗、健身，你要知道自己有什么毛病，找对你的毛病，然后才能够"对症下药"，或者按中医的说法，叫"辨证施治"。

这次得病让我悟到一个做事的方法。每处理一件复杂的事情，我都当作看病，一定先判断清楚这是件什么事，再去找解决问题的办法。所以，这段经历改变了我处理具体问题的思考方法，我的能力应该说得到了加强。

另外，我也得到一个教训。得病期间医生跟我讲，其实所有的病都不是治好的，是检查好的。任何病从发生到发作都要经历一段时间，只要检查得早，检查得准确，就能在得病的初期把它解决掉，而不至于酿成后来的大病。而且在得病的初期，人是没有症状的，所以怎么解决呢？就是靠体检的密度。30岁前后，应该一年检查一次；四五十岁最好半年检查一次；60岁以后争取每隔3个月检查一次。因为随着年龄的增长，人体的免疫力在下降，病的生长速度会加快，此时要更密集地筛查，然后及时在早期把它处理掉。总结起来，这就叫"花钱花时间体检，省钱省时间看病"。

医生又告诉我，很多人看着很长寿，不是没病，而是有条件保证随时体检，体检的密度很大，很早发现问题，及时治疗。所谓保健医生，不是指他的方法能把你的病治好。如果得了绝症，再伟大的保健医生也治不好。保健医生像健康教练，在你身旁不断地告诉你什么时候要体检，什么时候吃什么，有什么小问题要处理，确保你的身体状况完全在掌控之中。这样才能够健康、长寿。

缠斗丙肝

我第二次被健康问题困扰，是不幸感染丙肝病毒，并和这个病毒缠斗了 20 多年。

感染丙肝病毒是一件偶然的事。20 世纪 90 年代中期，在我的腿伤痊愈两年之后，我们公司在上海有项目。当时公司为了照顾员工，每年都安排体检。有一次我在上海的时候，正好赶上公司全体员工体检，我就决定加入。

在体检的前一天，有一个好朋友结婚，我被邀请去参加婚宴。因为是特别好的朋友，我就告诉他我明天体检，不能喝酒。但是他不断地劝酒，说："没事。"又说："我太太就在医院工作。你明天别跟你们公司员工一块儿去体检了，今天必须敞开了喝，等明天酒醒了，到我太太的医院去体检就行了。"

我一想也是，于是多喝了几杯。我记得第二天是中午起床的，下午就按照朋友给我的地址，去了他太太工作的医院。到了那里我才发现，那是一家区级医院。那时候区级医院实际上很小、很破。但是，当时我没有那么高的眼界，也没有保健意识，又碍于人情，想着既然已经到了，就体检吧。又不是看病，医院小就小吧。没想到，抽血的时候，医院的人用的不是一次性针头。后来我才明白那样抽血是极其危险的。可是当时我不知道，抽完血，做完体检就走了。

过了半年左右，我突然感觉特别疲乏，浑身无力，而且面色发黄，臂膀上出现了一些黑斑。我觉得奇怪，也很难受，就去了趟医院。医生看了验血单，说我得了肝炎。

我说："我怎么就得肝炎了呢？我啥也没干啊。"他就问："你有没有跟肝炎病人在一起过？"我说："没有。"他又问："你有没有什么地方破过皮？"我说："也没有。"他又问："你最近输过血没有？"我说："我没输过血。"

他又说："抽过血吗？"我说："半年前抽过血。"他让我回忆抽血的过程。我说："是在一家小医院里，用的好像是可重复使用的针头，扎针的时候挺疼的。"他说："问题肯定就出在这针头上。"

于是我做了进一步的检查，最后确诊为丙肝，也就是丙型肝炎。

我以前不懂，后来慢慢了解到，肝炎有5种：甲肝、乙肝、丙肝、丁肝、戊肝。

确诊以后，我从1996年开始就不停地折腾，除了看医生，我也找到很多相关文献，翻阅了很多资料，自认为读了些书，可以做点儿研究，而且周围的人也都在帮我研究。

在这个过程中，我的一个发小告诉我："没事，用干扰素就能治。"于是我就赶紧研究干扰素，然后找到医生说干扰素可以治。医生也说干扰素治丙肝没问题，给我开了药。

当时刚好赶上我出差去美国，我就带上了口服干扰素，开始服用。医生反复叮嘱，服用干扰素时要把药片放在舌头下面含化。舌头下边有血管，不知道是不是因为那儿的血管比较密，药物在那里更容易被充分吸收，总之一定要含在舌头下边。

干扰素有点儿甜，还有点儿苦涩，我不太喜欢那种味道，常常耐不住性子，喝一口水就把它咽下去了。不知道是不是服药方法不对，连续服用一段时间后，我觉得身体状况没什么改善，就放弃了。

朋友、同事知道我有丙肝，也给我找民间偏方。我们公司的监事长王鲁光，还专门从山东一个村里找来一个偏方，带了一位30多岁的"神医"，给我弄了一些药。我出差的时候也拿着这药，加热之后喝，持续了小半年时间，也没效果。

在这期间我还去了中国台湾，在台湾我又四处打听可能的治疗方式。朋友告诉我台湾的中医很好。在朋友的推荐下，我就去了一个类似胡同的地方，在一间干干净净的屋子里，见了一位精神矍铄的老者。

问过诊以后，他很有把握地说："可以治。"然后给我开了张方子，并帮我抓了药。当时台湾已经有了中药代煎服务，老者打电话安排煎药事宜后，让我等取药通知。我记得取药的地点位于诊所边上的一个类似7-Eleven便利店的地方。我在台湾要待一周多，所以就拿了一周的药。回到北京后，我拿这张方子在北京的药房抓药，连续喝了半年多，再去检查，结果没有任何改善。我就又放弃了。

有人建议我去国外求诊。我心里也在琢磨：从文献上、媒体资讯上获得的很多信息来看，丙肝是可以治的，可是我在国内用了这么多办法，都治不好，这是为什么？是不是国内的医疗水平不行？

于是，我就开始利用到国外出差的机会寻找治疗丙肝的办法。同时，基于之前误诊癌症得出的经验，我开始频繁地做身体检查，最后把体检变成了一种特别的心理安慰。我几乎每隔半年就会去查一次，所以自1997年以来的23年里，我体检了将近50次。

1990年代的我

花钱花时间多体检,其实也是听了医生的建议,目的是监测我的丙肝发展的情况。医生说,如果发现坏的趋势而且无法控制,就要早点儿换肝,只有这个办法。

所以我一方面在国内外继续寻找治疗肝病的办法,另一方面,利用在世界各地出差的机会做体检,希望通过和不同国家的医生交流,了解这种病有什么特性,究竟有没有真正能治愈的办法。

就这样,我的检查足迹遍及国内外的很多医院。北京的中国人民解放军海军总医院是我做体检最多的一个地方,后来又去了北京协和医院、北京医院等。台湾的台北荣民总医院、新光医院,还有高雄的义大医院,我也都去查过。此外,在日本、韩国、美国,我都做过检查,其中在美国的梅奥医学中心就查了两次。可是查来查去,我始终是丙肝病毒携带者,"阳性"这个帽子始终摘不掉。每当转氨酶指标偏高的时候,医生就会告诉我:"有点危险,你要休息一下。"转氨酶高,意味着肝炎处在发作期。最好的情况是转氨酶接近正常,也就是说病毒在身体里,但是并不活跃。在这种情况下我就属于健康带菌者了。这给了我一点儿安慰。

最有意思的是,大约在 1998 年夏天,我在美国斯坦福大学医学中心遇到了朋友力荐的肝病专家基夫医生(Emmet B. Keeffe),他竟然建议我放弃治疗!

他听了我的描述,看了我的检查报告,查看了我胳膊和背上的蝴蝶斑,然后非常开心地说:"首先,祝贺你。"

我问:"祝贺我什么呢?"

他说:"你得的,的确是丙肝,但是丙肝好过甲肝、乙肝。因为甲肝、乙肝随时可以不经过肝纤维化、肝硬化,直接从肝炎发展到肝癌。丙肝呢?如果没有肝纤维化、肝硬化这些症状,是不可能直接发展成肝癌的。你现在离肝硬化还远,所以祝贺你。"

我想,这不就是我常说的"丧事当喜事办"吗?"那今后我该怎么办?"我问。他说:"现在的干扰素和针剂只对70%的人有效。不幸的是,你是30%那一拨人,所以再吃干扰素、再打针也没用。但是,按照前面讲的这个逻辑,既然你离肝硬化还早,就该干吗干吗,想干什么就干什么。等到有一天,肯定是你还活着的时候,或许20年、30年之后,就会有人发明出一种新药,你可能只需要打一针就彻底好啦!"

我心想:我来看病,你就告诉我一件事,就是死的顺序,得丙肝会是怎么死的。那就相当于说,人老了以后会死,先是免疫力衰退、记忆力衰退、各种器官衰退,又出现并发症,最后死掉。当然,这样的说法给我的安慰也是不言自明的。反正人最终只有一个去处,就是死亡。医生只是告诉我,在这个过程中,能看见的风景不同。

我也明白了,从丙肝到肝癌,要经过肝纤维化、肝硬化。只要还没有肝硬化,就不用担心。我也接受了医生的说法,也感谢他。明白了,人就不会稀里糊涂了事。我选择明明白白地死。另外，医生告诉我不用再治了，让我既省了钱，也省了时间。我开始很注重体检，只要体检结果显示肝脏还没有硬化现象，我就不怕了。之后差不多10年时间里，我就抱着这样的心态。每次体检报告出来，我主要看一个指标——肝脏有没有硬化。

有几次，可能因为工作比较辛苦，身体有些劳累，我发现肝脏部位不怎么舒服，隐隐作痛，我就揣测：是不是情况不妙，我的肝快要硬化了？

于是我到一个隶属于军队的专科医院做检查。医生说，要看肝有没有硬化，得穿刺。所谓穿刺，就是拿着一个带着又粗又长的针头的器械，对着肝所在位置的皮肉捅进去，然后取一点肝的组织出来。穿刺的时候把我疼得够呛。化验的结果显示没有硬化。我心想：基夫医生说过，肝没硬化就还早，所以不要紧。

但是医生也说："转氨酶有点儿高。"我就问："那怎么办？"

医生说："现在有一种新的干扰素，你要不要试试？"我说："斯坦福大学医学中心的专家说，我是30%那一拨人，干扰素对我来说没有用。"他说："新的干扰素比原来的效果好，你可以试一试。"我说："怎么试？"他说："就是有点儿辛苦。一种是一个月打一次针，效果慢一点儿；另一种是一周打一次针，效果强一点儿。"

我说："来打针没问题。除了打针，还有什么辛苦？"他说："要有心理准备，每打一针，会低烧两三天，不过你不用紧张，时间过了体温就会降下来。"我一想,既然能治,就咬牙认了。我说:"那就打吧。"

就这样,我开始了为期一年的打针生活。那一年里,无论出差到哪里,无论多早多晚,我都会坚持赶回北京,按时按点打针。我记得每次都是在周五上午 10 点左右打针,打完以后,利用周末时间发两天烧,然后周一正常上班。如此折腾一年,我累计发烧了 130 天。一年的疗程结束后,我如释重负,心想这一年里发烧这么频繁,我竟然还没死,自己的这个肉身还真是非常皮实呢!

等到一年时间终于熬过去了,我就跟医生说:"赶紧检查看看,这病毒现在怎么样了?还有没有?"于是护士抽了我十几管血,做了一个非常详细的检查。终于等到结果出来,医生很高兴地告诉我:"转阴了。"转阴就意味着病毒没了,我的病好了!

我特别高兴,对医生连声道谢。和治愈相比,这一年里累计 50 多次 100 多天的发烧,也就不算什么了。

自那以后,我还是保持以前的习惯,每隔半年做一次体检。每次做体检的时候,我都会告诉医生重点检查我的肝,我得过丙肝。

不幸的是,干扰素治疗成功后,仅仅过了半年,我的体检结果显示,指标又转阳性了,丙肝病毒又杀回来了。

我非常失望,同时非常好奇,专门找专家询问。我说:"怎么回事啊?打了一年干扰素,先前说转阴了,怎么这会儿又转阳了？这一年的药不就白打了？花费的钱且不说，关键是我这身子骨白受了一年的罪呀。"

我记得当时那种药在国内算是很贵的，打一年针要花费20多万。更重要的是，一年当中1/3的时间在发烧，最后却没效果，这让我有点儿窝火，心想：你这医生明知道打干扰素治不好，还鼓捣我打针，是不是为了骗钱啊？

医生怕我误解，就耐心地给我讲解这个病毒的活动规律。他费了半天唇舌，我还是听不太明白。最后医生说："打个比方，病毒就是小偷。打强度很大的干扰素，就好比是严打。在严打下，这些小偷就躲在桌子底下，躲在犄角旮旯里，躲在洞里不敢出来了。所以你往街上一看，天下太平，没贼了。等到你不打针时，等于严打过去了，这些小偷又伸着脖子探出头来了，得找吃喝，得活下去，于是它们又出来祸害。所以要想把它们摁住，你还得继续严打。"

我说："那怎么行？要是这样严打一辈子，我剩下的几十年还不得隔三岔五忍受发一次烧的生活？算了，我宁愿让这帮小偷跟我一块儿混了，只要它们偷东西时不杀死我，我就不跟它们斗争了，就这么着吧。"他说："那就只能这样了，你得注意身体，多锻炼，增强免疫力。"

经过这件事之后，我就又回想起斯坦福大学医学中心那位基夫医生说的，要等特效药，特效药一旦发明出来，可能一针就能解决问题；如果没有特效药，也就别治了。我觉得，斯坦福大学医学中心的这个医生是非常坦诚的，而且了解得非常清楚，我属于那30%一拨的人，没办法通过干扰素治愈，也就没必要瞎折腾。

在那之后，我再也不在医院跟医生讨论治疗丙肝的问题了，我关注的是每次体检的结果：肝脏有没有硬化？转氨酶是不是高了？只要肝没有硬化的征兆，转氨酶也没有高起来，我就不管了，甩开膀子继续做事情。一旦发现转氨酶升高了，我就停下来，稍微调养一段时间，让它降下来。

就这样又过了几年，直到4年前，我开始转运。亚布力论坛在西安组织了一个"大健康论坛"，我边上坐着一位吴总，还是位博士。在发言中，我得知他专门研究丙肝特效药。

作为一个"老丙肝"，我特别兴奋，抓住他问："到底能不能治？"我把我得病和治疗的过程跟他讲了以后，他说："能治，但我们的药现在在国内还没有上市，如果你能等个半年或一年，等到我们的特效药（戈诺卫）上市，我第一时间通知你，我相信能治好。"我说："国外有这种药了吗？"他说："国外已经有了。目前来看，这种病不是不治之症了。"

我说："这回是真的吗？以前斯坦福大学医学中心的专家说我属于30%那一拨人，没法儿治。"他说："现在不管你是属于30%还是70%，这药都能治。"

我问："国外是怎么个治法？"他说："在国外，病人要是没有保险的话,就得自费去医院看病,拿到处方,花费十四五万美元,大概100万人民币就可以买到药,然后吃两三个月就可以了。"

我说:"那我应该去国外看呢,还是等你的药?"

他说:"我听你说下来,你现在基本上是健康带菌状态,病毒含量不高。"我说:"为什么呢?"他说:"如果你是输血染上的病毒,含量会非常高,很难治,你也不可能活到今天。但你是抽血时染上的,那么病毒含量相对比较少,而且你也治疗过,抑制了一下。所以,你现在的病毒含量不会高,一年以后治也没问题。"

我说:"那我就相信你了。"

2019年年初的时候,吴总告诉我:"我们已经拿到新药的销售许可了,你可以来吃药了。"

我太高兴了!于是在吴总的安排下,他的同事辅导我怎么用药。这回不用打针了,服用药片就行,服用方式也很简单。连续用药50天之后,我去医院一检查,指标真的转阴性了!之后半年我再去复查,也没有转阳性,这回是真的治好了!

我非常感谢吴总,也因此和吴总成了好朋友。我是最早吃他开发的药物的几个病人之一,也是受益者之一。所以我非常庆幸,在吴总的新药的帮助下,我的丙肝病毒没有了,肝炎去根了,我也就被"摘帽"了,活过来了!

除了感谢吴总,我在每次体检的时候,还发现了一件很有意思的事情。

在过去 20 多年里,我每次体检时都会问医生:"为什么我的肝还没有硬化?"现实情况是,万一肝真的硬化了,我会着急;它一直不硬化,我也着急。就跟癌症患者一样,癌症扩散了着急,不扩散也着急。我其实就是想要个结论:我的肝到底好了没有?如果好了,我当然很高兴;如果硬化了,我就认命。总之,就像张艺谋导演的电影《秋菊打官司》里秋菊反反复复念叨的那样,"我只是想要个说法"。

在这期间,我跟医生交流了很多。他们说,我染上丙肝病毒 20 多年,最近 10 年基本上算是健康带菌者,不影响做事情,还能活蹦乱跳地折腾,主要有三个原因。

第一是吃得好。

有一次,我在台湾的一家医院体检,告诉医生我有丙肝。他说:"我知道,你过去的体检数据显示你一直都有丙肝,但是你现在好像什么症状都没有。"我问:"那是为什么?"他说:"我看了一下,你吃得好,营养够,而且营养够了也不乱吃。正常的营养你都够,而且长期吃得好,免疫力就能够提高。"

他还说:"在特别贫困的地区,人的免疫力下降和饮食结构有关。如果吃得特别简单,特别粗糙,仅仅是为了维持生存,没法儿注重营养的话,免疫力就会低。而生活在城市的人,由于经济发展充分,所以吃得好,营养够,免疫力就能提高。"这是一种解释。

第二是工作忙。

记得有一次,体检报告出来后,我问了医生同样的问题。医生看着我的体检报告说:"看得出来,你是坐飞机很多的人。"我说:"怎么看出来的呢?"他说:"飞机里的空气和我们正常状态下的空气不一样,长期坐飞机的人,从影像学上能看到肺部会有阴影,飞行员、空姐、空乘都有这玩意儿。你的肺部也有一点儿。"他接着说:"一看就知道你是一个很忙的人。这是好事。"我忙问原因。

他说:"忙,意味着你需要跟外部环境竞争。你越忙,其实压力越大;压力一大,就会激活你身体内的细胞、免疫系统去应对它们,就需要战斗。越应对身体就会越强,就好比你在野外奔跑,跑的强度越高,你的筋骨、皮肤、心脏、呼吸系统就越能适应,身体机能就越强。也就是说,你越是忙,免疫力就会变得越强。反过来,如果你天天就在家里待着,什么事都不做,哪怕屋子里的空气百分之百干净,吃穿用度都很健康,免疫力也是会下降的。"

我听得乐了,这可真是一个安慰。忙一点儿没问题,只要吃得好,忙碌还能够提高免疫力,帮助我对付丙肝病毒!

第三是想得开。

有一次一位医生对我说:"你都得这病20多年了,还这么拼命干活，你一定是个乐观主义者。"我说："是，我一直把丧事当喜事办，我很开心。"他说："乐观情绪会提升你的免疫力，调动你的生命力、活力去抵抗外部环境的侵害。"

我能够和丙肝病毒缠斗20多年，直到等到吴总的特效药，除了有耐心，死扛，主要就靠这三件事：吃得好，干得欢，想得开。经过这20多年，我明白了，要想提升免疫力，就得靠这三个硬道理。

同时，在病毒面前不能掉以轻心、心存侥幸，一定要准确地了解它，做到知己知彼。病毒就跟小偷一样，在没有发现特效药的时候，只能暂时把它抑制住。如果内生免疫力不够强大，那就会出现表面上摁住了，但很快会复发，乃至危及健康或生命的情况。如果你生活态度积极，吃得好，干得欢，想得开，免疫力又足够强，其实可以与病毒和平共处，也就是健康带菌，不必太害怕。

联想到现在的新冠肺炎病毒，我猜想，未来可能也会在一些人身上重复类似我和丙肝病毒缠斗的经历。这个病毒可能会反弹，也就是说哪怕病毒暂时被摁住了，如同我打了一年的干扰素之后那样，当你的免疫力特别糟糕的时候，病情也可能会反弹。

但是，如果你生活态度积极，吃得好，干得欢，想得开，加上适当的药物抑制，即使病毒在体内没有被清干净，你仍然能够健康带毒地活着。等到特效药出来那一天，就能像斯坦福大学医学中心的基夫医生当年所预见的那样,只要打一针就可以啦!我们就期待着像吴总这样的专家再次出现。

有了跟丙肝病毒缠斗 20 多年的经历,我对新冠肺炎病毒未来在一些人身上可能发生的故事,有了一个预判,也有了几点关于如何面对未知的建议。我觉得这是非常独特的生命体验,值得同大家分享。

奉养记孝

疫情期间的每天傍晚 6 点，在我仍在专注地阅读，或者打电话、刷手机的时候，都会收到一条信息："阿仑，下来吃饭了。"我会有一种特别温馨、特别舒服，好像回到了小时候的感觉。这是爸妈在叫我去吃饭，他俩住在我楼下一个采光很好的居室里。他俩今年 85 岁上下了，精神非常好，身体也很好。

每当这个时候，我都感觉很庆幸，庆幸自己能在这样的年龄跟父母还很亲近，可以隔一两天就在一起吃饭，而且是他们做饭，我吃现成的，甚至碗也不用我洗。我爸负责做饭，我妈负责洗碗、收拾。和我小时候一样，我妈仍然坚持不让我做这些事情，她认为这些事情是她喜欢做的，她就要一直做。

所以，每次从手机里跳出这几个字的时候，我都会感觉很幸福。

2019 年，我和父母在南京大学

孝养中的"两家论"

我也觉得自己在 2019 年 2 月做了一个非常正确的决定。当时父母住在北京的西三环外,我住在东三环内。我坚持把他们接过来,住到我的楼下。

之前我和父母在两边分开住的时候,因为我出差太多,一年要出差一百七八十次,只有回来时才能去看望他们,或者是在重要的假期和节日陪他们一起吃顿饭,的确照顾得很少,看望得也很少。60 岁以后,我希望自己跟他们住在一起,多陪陪他们,也方便更好地关照他们的生活。于是,我请中介帮忙,并在 2019 年 4 月在楼下租下一间两居室的房子,把他们接过来安顿好。

起初,父母并不习惯,每周还要回到原来的地方住两天,似乎只是因为不愿辜负儿子的心意,才勉强住过来的。他们说,在原来的地方住久了,跟社区里的人,包括物业,都很熟悉。那儿还有一些我原来公司的老员工、老朋友,和我父母也非常熟悉,有时候也会替我照顾一下老两口,逢年过节送些菜,平时去看看他们,所以他们觉得住在那儿很踏实,很有安全感。另外,老住处的生活服务设施越来越多,越来越完备,买菜、遛弯都很方便,他们已经很习惯了。但是初来东边时,他们看到林立的高楼大厦,感到非常有压力,而且对周边完全不熟悉,于是对西边的住处就有点儿割舍不下。

他们还说，原来的住处有很多东西，对一些老物件有感情了，所以他们要时不时地回到那边去看看，比如擦拭一下家具，翻检一些过去的东西，再把一些可以用的拿过来。

就这样，大概半年以后，他们才真正习惯了东边的生活，觉得闹中取静的环境其实也挺好。每天早晚去社区小花园里遛遛弯，看各种肤色的漂亮娃娃在一起追逐嬉闹，他们觉得很有趣，也很开心。因为住得近，我家里的阿姨可以随时过去帮他们收拾房间，新买的或者朋友送的蔬果蛋肉也能随时送过去。他们也觉得方便，渐渐就踏实住下来了。

我感到非常庆幸，因为当时的这个决定，才有了现在这样的幸福：即使隔离在家，大家住在同一栋楼里，差不多可以天天见面，我可以下楼去看看父母，父母也可以随时上楼来看我。

我觉得，人老了以后，在居住上跟子女保持这样一种状态——两代人住得很近，但又不在一个空间里，实际上是具有中国特色的特别好的养老方法。

孝顺父母，实际上跟与父母的距离有很大的关系，居住的方式、距离的远近，与能否照顾好他们的身体、情感、心理和习惯也有很大的关系。

我由此回想起来，这几十年里，我跟父母在思想交流和生活照顾上一直都处于非常好的状态。在如何居住，距离远近这些事情上，我们也经历过很大的改变。这些改变，大概也能反映中国

父母合影（摄影/潘石屹）

人一生跟父母在居住关系上的一些特点。

这些关系，总的来说，就是在自己小的时候，父母怎么样更好地照顾我们，而在父母年纪大的时候，我们怎么样更好地照顾父母。说到底，在中国，照顾好父母，就是我们常说的"孝"。

孝有七件事，一是顺，二要养、要侍奉。那么，要做好这些事，一定是要在一个特定空间里，或者一个特定的居住环境里。

在农耕社会，大家庭通常住在一个院子里，一般有一个大家长，还有一些小家庭围绕在大家长的周围。就像小说或者影视剧里描写的那样，比如《红楼梦》中贾府就是一个大家庭，里边又套着很多小家庭。整个家族聚拢在一起,就像一棵老树周边分布着很多小树、小草一样。此时,总体来看,家庭成员之间关系非常密切。

进入现代社会,工业化、城市化让这样的居住方式基本上不再可能了。于是,我们看到,在城市里,居住条件变了,子女跟父母之间的居住关系就随之改变,两代人之间的关系、相处模式也跟着发生变化。

一般来说,我们在上大学、工作之前,基本上是住在父母的家里,父母养育我们、教育我们。等上了大学或者出来工作时,我们就从父母家里搬出来,住到集体宿舍或者自己单独的小房子里。成家之后,我们又会有一个独立的小家庭、一个独立的生活环境,甚至有可能和父母还不在一个城市。这个时候,子女是很独立、很自在的,父母也有自己独立的空间,也很自在。当然,现在通信发达,可以发语音,也可以视频通话,能彼此关照、交流,情感上仍然会有很好的联结。

通常,等到子女年纪稍大一点儿,有了自己的孩子后,父母差不多正好退休。这时父母一般会到子女这边来帮助照料孩子,原本两个独立家庭并立的状态就会发生改变。

我们家也是这样。我的第一份工作是在国家机关,那时住在筒子楼里,房间很小,不到12平方米;我和我太太结婚后借住在张维迎家,一套位于中国人民大学附近的、建筑面积45平方米的小公寓里。我太太生了小孩以后，母亲来照顾孩子，我们4个人就挤在这个非常狭小的空间里。这个实际使用面积约有30平方米的屋子被隔出一个小房间，里面仅能放下一张单人床。母亲比较委屈，白天辛苦照顾孩子，夜里就睡在小房间里。

接下来的一年里，我经历了从北京到海南又回到北京的一番折腾，在孩子3岁的时候，我有了一套自己的房子，一百三四十平方米，宽敞了些。这时，父亲刚好从西安的单位办了退休手续，三代五口人便住在了一起。

一家人在这样一个空间里住着，开始的时候感觉真的非常好。但是，很快我们就面临一个问题：当两个各自独立的家庭生活在同一个空间里时，到底应该谁说了算？比如，孩子要去哪家幼儿园？冬天穿多厚才够暖？母亲爱干净，每天洗衣擦地太操劳，要请个保姆帮忙我才安心，可是，要请什么样的保姆才好？母亲用不习惯应该怎么办？公司下属打电话或发传真讨论业务，要不要刻意回避老人？创业期间工作辛苦，我几乎每天夜里12点之后才能回家，母亲眼巴巴地守着门，边等边掉眼泪，因为担心我累坏了身体。有一回吃饭的时候，我妈又说："儿子，不要这么累了。"我低着头，边吃边答了句："没办法，我现在除了我娘的儿子谁也不能得罪。"原本只是一句调侃，想让她放轻松一下，没想到我抬起头时，看见她已是泪流满面。

这些事情，每一家都会碰到，都得设法面对和解决。我喜欢琢磨和说理，同时我跟父亲会很好地交流。我突然就想，在这个空间里，我们应该坚持"一家论"，还是坚持"两家论"？

如果是一家，谁做主？是我们服从父母，还是父母接受我们的安排？如果是两家，两家合住在一个空间里，该怎么更好地相处？

我跟父亲说："现在这些事情都不大，但是有些小矛盾出现的时候，我觉得最好还是坚持'两家论'。所谓'两家论'，就是在这个小空间里，我们是两个家庭，不是一个家庭。我觉得我们这一代人应该有决策权，但是你们有建议权。你们可以建议，但不能代替我们做决定。"

听起来好像有点生分，不过父母也接受了。但我觉得这并不是长久的解决之道。这种生活上的互相侵入、互相干扰会影响彼此间的情感。我们奉养老人，要让老人高兴，一定不能采取让老人不舒服的办法。

就在这个时候，一位朋友有套一居室的房子空出来。我就借了他的房子，自己和太太搬了出去，让父母住在大一点儿的房子里。我们两家住在同一个院子里，但不在同一栋楼。两代人很快就适应了这样的相处方式：经常见面，但两个小家的日常生活各自独立。这样既避免了互相侵入、互相干扰，又能互相照顾。我觉得，这样的居住关系真的非常好。

我跟父母的居住方式，就一直依循这样的"两家论"模式：

住在同一个城市，同一个社区，相隔不远。我原来在西边住的时候跟父母也是这样，从我家的窗户可以看见他们的窗户，他们从自家的窗户也可以看见我们的窗户。我们也是隔三岔五去父母家吃饭，父母也隔三岔五来我们家看望孩子，关系一直非常融洽。我感觉自己作为儿子，能够这样照顾父母，是我的幸福。

后来，办公室搬到了东边，我也因实在不堪忍受早高峰拥堵带来的压力，才搬到了现在的住处，离父母又有些远了。去年我终于决定把父母接过来，这样多了一些看望他们的机会，也因此能有更多时间跟他们讨论一些话题。

父母的休闲时光

在我看来，按照中国的传统，孝最重要的事情，一是顺，二是养。

顺指的是老人说什么就是什么，要听话。当然，父母某些事情讲得不对，或者做得不对，子女要直接给出建议，让父母去做对的事，不能陷父母于不义。除这一点之外，其他的事都必须顺。用今天的话来说，只要父母没有违法乱纪，他们说什么都得听；但如果是违法乱纪的事，子女不仅可以不听，还要建议他们、阻止他们，否则就是陷父母于不义，这也是不孝。

养就是子女在中年的时候，一定要让父母能够生活得更好，少操心，心情好，安享退休生活。按照中国传统文化里关于"养"的说法，如果外面有一个挣大钱的机会，可以让你挣到钱，更好地养父母，但你却不去，这也叫不孝。所以，如果子女在别的地儿没什么机会，那就要全心全意地陪在父母身边，好好照顾他们；如果外边有大好的机会，子女就应该出去办大事、挣大钱，让父母过得更好；如果能因此干成一番事业，父母脸上很有光，当然也会觉得这个孩子孝顺了。

《孝经》里有句话，"不孝有三，无后为大"。古人不仅要求儿子"修身立业"，还要他结婚生子，让家族后继有人。

此外，子女跟母亲的关系，和跟父亲的关系，还有点儿不一样。《二十四孝》中差不多 20 个故事讲到儿子跟母亲的关系。所以我认为从某种意义上说，中国文化当中的孝，实际上更多的是母子关系。

在传统文化里,子女特别是儿子跟母亲的关系中,体现儿子是不是孝顺的,大体上有三件事。

第一件事是听话,母亲说什么就是什么。除了不能陷母亲于不义,其他的都得听,哪怕是后妈也得顺。《二十四孝》里就有一则故事写到,晋人王祥的后妈大冬天里要吃鱼,他怎么办呢?卧在冰上,用体温把冰融化开,然后抓鱼给后妈吃。虽然后妈对他非常不好,他也要顺。

第二件事是不能跟母亲算账。为什么呢?因为按照传统的中国文化,母亲是大家长,所以子女是从属于母亲的,跟她算账就叫不顺,叫不孝。

子女不能跟母亲算账这件事,甚至延伸到更广阔的社会关系中。我们常常听到一个词,"父母官",其实就是把官员和百姓的关系类比为父母和子女的关系了。

第三件事,如果家里有纷争,有些事不能到邻居那里说,不能让别人看家里的笑话,否则母亲脸上无光。

最近我看网上有很多讨论,说"家丑不外扬"。实际上重要的不是不外扬,关键是跟谁扬。我们中国有一些事,大家有些意见,如果去跟外国记者说,很容易被恶意曲解或渲染;但是如果你跟本地的记者说,则会引导良性的舆论监督。

这样一种文化,其实隐藏在很多事情的处理中,叫它潜规则也好，叫文化基因也罢，实际上是无处不在的。

因此，总体说来，在孝的问题上，要处理好子女和父母的关系，就要注意这几件事：要顺、要养、要有后，还要修身，要有为；同时还要注意不能跟母亲算账太细，不能够把家里的丑事拿来满街去说。这样才叫孝。

所以，每次看到微信上弹出父母喊我吃饭的信息，以及当我坐下来，享用他们精心为我烹制的美味时，我都会觉得很幸福，同时也会生出有趣的回忆和观察。这让我觉得，在这样一个时期，能够这样待在家里尽孝，也是很开心的。

我太太家姐弟三个照顾老人的模式也很有意思。因为性格不同，距离不同，他们和父母的沟通方式也很不一样：大女儿从小跟父母一起生活，勤快、开朗、细心，小时候是妈妈的得力帮手，典型的贴心小棉袄，定居国外后，不管多忙，每个周末都会跟妈妈打很长时间的电话聊天，听老人家聊各种家长里短；二女儿住在北京，在疫情发生前，每两个月会回家一趟，带老人出去转转，品尝各种餐厅的美食；小儿子离家近，每个周末会赶回家，帮忙采买各种家用物品，亲手炒几个菜，陪父亲小酌。他们相约错开回家时间，这样可以把老人的幸福感拉长，而不是像大多数人一样每年春节赶回去团圆，之后留给老人整整一年漫长的等待和盼望时光。古人说"二人同心，其利断金"，我太太家姐弟三个在孝敬老人这件事上这样默契配合，也应该算是一种很好的孝亲模式吧。

最美好的传承

我的叔叔和婶婶,今年84岁了。他俩都受过很好的教育,20世纪60年代早期毕业于浙江大学。当时他们都是各自班里的团干部,婶婶还是系里的团总支委员。毕业后,他俩都表示愿意服从组织分配,到最艰苦的地方去,就被分配到了当时生活条件非常艰苦的化工部直属的"锦西[①]化工研究院"(现锦西化工研究院

叔叔和婶婶在浙江大学

---

① 锦西:辽宁地级市,1994年改名为葫芦岛。——编者注

有限公司)。

虽然一路同行,但是两人并没有怎么说话,因为当时彼此还不熟。到了锦西,他们发现那儿又荒凉,又寒冷,又孤独。大学生在当时很稀罕,他们又是同一个学校同一个系出来的,自然会接近,慢慢有了感情,就在一起了。

后来随着工作调动,叔叔和婶婶到了大城市,在一个研究机构干了几十年,其中一位成了教授级高工,在专业上很有成就,人生唯一的缺憾,就是孤独。他们有一个女儿,但在十几年前,也就是在他们将近70岁的时候,因病去世了。

我小的时候,跟叔叔、婶婶感情很好。高考前后,我曾住在他们家温习功课,他们给了我很多帮助和教诲。所以我和他们很有感情,经常往来。

随着年龄越来越大,他们面临一个困难,就是刚才我说的安养问题:没有子女,谁来照顾他们的晚年?

当然,我非常乐意照顾好老两口。去年,我就跟他们讨论,要不要找一个特别专业的机构照顾他们,相关的费用由我来提供。

当时我在做一些围绕"大健康""不动产"的项目,于是就找了江苏的一个朋友。他开了一家专业的老年安养机构,包括医院、康复中心、老年公寓等等,同时他也运营和管理政府的一些养老院和安养设施。我跟他说:"我有两位亲属,对我非常好,我想把他们照顾好,能不能安顿在你这儿?"他热情地表示欢迎。

叔叔和婶婶一起旅行中

我的叔叔和婶婶都是浙江人，他们在网络上搜索过，觉得杭州万科的良渚安养小镇非常好。我打听了，也联系了，但住进去非常困难。所以我问他们，能不能先到江苏我朋友的安养机构安顿下来，同时我也联系着，争取以后能去良渚。他们考虑了一下，觉得可以先试试。

于是，朋友就把他们接过去，安排在一个很专业的养老公寓。这个养老公寓的房子很大，环境也挺好，老人在这里也有人照顾。如果身体不舒服，养老公寓的主管会请专业的医护人员上门诊治。但是有两个缺憾。一个缺憾是吃饭有点儿像在医院，营养健康的统一配餐吃久了还是会让人觉得单调；而且那儿的房间里没有做饭的设备，住着没有居家的感觉。为了安静，公寓选在了相对僻静的城乡接合部，二老在那儿人生地不熟，又不想给管理方留下"要求太多，净给人添麻烦"的印象，所以就老老实实住了一个半月。他们虽然每次电话里都告诉我很开心，很喜欢那个地方，但内心觉得生活很单调，跟住院差不多，感觉不是特别好。

另外一个缺憾就是孤独。这个地方对于他们来说很陌生，周围住的人也不认识。在中国，这个年龄的老人长大、工作的环境，让他们对社交这件事情是有恐惧的。这样就带来一个问题，除了跟子女、亲属以外，他们跟别人不太容易建立密切的社交关系。好在现在有手机，老两口都是高级知识分子，可以在网上看看股票，看看新闻。现在微信也很方便，年轻人玩的他们也能玩，这

叔叔和婶婶目前入住了心仪的"享老社区"

样还好一点儿。但毕竟这只是虚拟的,身边没有人可以交流,他们仍然感觉很孤独。

我记得去年(2019年)九十月的时候,我曾经专门去看望他们,带他们出去吃饭,这可把他们高兴坏了!因为在外面吃饭,能有一些自主性。生活能自主的一个标志就是,我想吃什么就吃什么,而不是你喂我什么,我就吃什么。你喂什么我就吃什么,通常在两种情况下被接受,一种是在幼儿园,一种是在医院。在其他情况下,大家都应该有一些选择,才能体会到生命的愉悦、自由,以及一些小憧憬。比如我想吃包子,第二天我就吃到了,憧憬实现了就很开心。

吃完饭以后,我和老两口聊聊家常,说说社会上的事,他们很开心,我也特别高兴能有机会听他们讲过去的事。家族历史其实是很有意思的,是值得记录、值得思考,也值得回味的素材和精神营养来源,所以我很乐意跟老两口聊天。

但这样的陪伴很短暂,我只能待一个晚上,第二天再见一面,就得辞别了。我自己有各种生意上的事情要忙,不可能每个月或者是每一两周就去看望他们。所以,孤独的问题仍然很难解决。婶婶的一些亲属也会从其他城市过去看望他们,也都跟我一样,待一两天就得走了,然后隔很长时间才能再去看望他们。所以孤独的问题还是解决不了。

我跟老两口讨论了一下,他们表示还是想回到原来的地方,毕竟那是自己居住了几十年的家,虽然很多事情得亲自做,但是周围环境熟悉,出门能碰到熟悉的人,感觉生活还是自己可以做主。于是他们回到了原来生活的城市。

当一个人还能自己做主的时候,他会觉得有信心,能够坚持活下来。假定生命不能自主了,比如躺在医院,浑身插满管子,即使还有自我意识,他可能也没有活下去的欲望了。人要活下来,快乐地活着,那他就得能为自己做主,对生活有期待,有希望:期待明天更舒服、更快乐,希望想实现的事情会如愿。这是生命力的一种特殊表现。即使年老，这仍然是非常重要的有生命力的象征。

老两口回到原来的城市之后，跟我们讨论了一件事情，就是他们未来要怎么办。

如果去养老院，那就会出现两个问题。第一个是孤独的问题。去了养老院以后就没必要回来了。但在养老院，人只是被动地活着，完全成为一个被养着的简单生物，这对于有文化知识的人来说，不是很好。如果没有文化，又在最贫困的地方，人可以简单地，甚至是被动地活着。但教育水平越高，社会角色越复杂，作为人类的自我意识也就越强，这样的老年人想活得自主自在，而且自为。所以他们不愿意甚至很抗拒去集体养老院。但是如果不去，将来万一其中一个人先走了，留下来的那个人怎么办？两个人都走了，身后的事情要怎么处理？谁来处理？

第二个问题就是房子的问题。如果去养老院，他们现在住的房子怎么办？于是他们就跟我商量，能不能把房子给我的小孩，也算一份遗产。这样他们会很安心，不管去不去养老院，以后的生活都由我来照顾。我当然非常乐意照顾他们，小时候他们照顾我，现在我有责任尽孝，同时我觉得我有能力把他们照顾好。但是接受他们的遗产，我却有点儿踌躇，不太乐意。因为这样一来，彼此的关系就好像变成了一种交换关系。对我来说，亲人之间的情感很纯粹，我不希望掺杂这种金钱上的交换关系。于是我开始思考：怎样才能处理好这件事，又不伤害大家的感情呢？

上一代人传承给下一代人的究竟是什么？是钱，是物质，还是别的什么？比如说一套房子，把它变成钱，但因为通货膨胀，因为满足个人欲望，很快就能花掉。钱花掉也就花掉了，这样的传承也就不剩什么了。所以我觉得这不是一个好办法。

后来，我就跟他们商量："能不能这样？未来把房子变成钱，至于什么时候变成钱，你们决定。但是这钱不是给我，也不是给我的小孩。把这笔钱通过公益信托的形式做成信托基金，以你们老两口的名字命名，让我的小孩做一个监察人，监督、协助管理这笔信托基金的使用。我们做一个规定，这个以你们名字命名的信托基金，专门资助你们愿意帮助的年轻人。"

资助这些后代什么呢？不是资助他们吃饭，而是帮助他们接受更好的教育。如果后代连吃饭的本事都没有，给他钱也没用，活该他饿死。如果他自己能解决吃饭问题，我们就希望他能接受更好的教育，比如在国内上名校，或者到国外留学，或者学一门特殊的技能。如果他需要经济支持，那我们就可以动用这笔信托基金。

除了资助目的，资助对象也要描述清楚。这个信托基金专门用于帮助双方相关的亲属的后代。因为现在后代比较少，老两口可以自己划定范围，决定资助对象包括什么样的人，什么情况下有资格获得资助。只要按照资助原则，后代人里有教育方面的需要,就由监察人负责落实。

那么监察人怎么产生呢?由每一代里读书最好的人做监察人。这个人应该知道怎么利用这笔钱提升后代的教育背景,让他们养成健全的人格。目前来看,第三代里我的小孩是读书最好的,可以由她来做第一任监察人。

不光是拿学位、学知识,还得注重价值观、家训的传承,这些都是教育,都可以用这笔钱。

除了老两口,家族的其他人如果不愿意把遗产交给子女,更愿意关注后代的教育,也可以把遗产放到这个信托基金里。我也可以捐一部分钱进去,大家共同把家族后代的教育做好。这样一来,即使老两口没有孩子,后代一样会得到他们的照顾和庇护,会感念先人的恩惠和提携,敦促自己成为更优秀的人,对社会更有用的人。

我跟两位老人讨论了这个建议,没想到他们特别高兴,跟我说:"这样太好了,了却了我们的一个心病。这样的话,我们就可以接受你们的安排。你做个文件,我们签字。"

我就说:"好,那你们做好两件事就行。第一件事,请你们做好准备,等疫情过去,你们就搬过来,住到我楼下,这样我可以时常看到你们,无论是看病、出行,还是日常生活,我都可以照顾好你们。第二件事,把遗嘱写好,把教育基金的事用法律文件做好,以后这件事情就照此办理。"他们说可以,我也很高兴。

有一天我跟父母吃饭,谈到这件事,我父母也很开心。他们说:"原来打算好了,如果我们不在了,也要给你的小孩一笔钱。"我说:"没必要,你们老两口也成立一个这样的公益基金吧。你们决定放多少钱,我都支持,方便一同管理。这样的好处是什么呢?我们整个家族的人,都在生前把未来所有的遗产安排好。第一,大家都不吵架了;第二,所有的资源都集中在教育上。后代教育成功,事业发达,对社会有贡献,才算是报答你们的养育和关爱。如果把钱都直接给了后代,花完了,他们也不念你们好。到孙子辈,再往后面几代,都觉得自己运气不好,反而

1990年代,父亲、姑姑和叔叔在王店

不会感谢你们。"

听我这么一说，我父母也很高兴。他们说："我们也可以，我们也参加。"

所以我很开心，在居家这段时间里，我又解决了一个问题，那就是家族遗产的传承，究竟要传承什么。我觉得最重要的传承是教育，是精神、价值观。如果一个家族能把有限的财产集中在教育方面，使一代一代的人受到更好的教育，那么不仅这个家族的人会获得成长，社会也会受益。文明的进步就是这样演变的。

关于这件事，还有一个佐证。我曾经跟一个在私人银行工作的人聊天，在讨论家族传承的时候，他跟我分享了一个研究报告。这个报告采集了世界各地的样本，最终得出一个结论：最好的传承是教育。一个家族要长期兴旺，实际上就是一代一代的教育成果积累，只要下一代的教育足够好，甚至超过上一代，这个家族就有机会发展得更兴旺、更好。这比传承物质和财富要可靠得多。

这就是居家这段时间，我觉得非常开心的一件事情：用一个积极的安排，解决家族传承的问题，避免将来发生突然冒出一笔财产，亲人之间算来算去分不清楚的被动局面。相反，像我们这样，积极地把传承问题安排好，确保老人的财产用在教育上，让相关亲属的后代更成功，老人很开心，这也是一种很大的孝顺。

这种安排也符合中国人的文化传统：光宗耀祖，让祖上更有荣光，祖上的恩惠能够泽及三代、四代，甚至更久远。如果每一个家庭、每一个家族都这样安排，国家、社会就能进步，我们整个民族的文化素质也会提高，中华民族就会变得越来越好。

我很庆幸，在这样一个被闷在家里的特殊时期，我和叔叔、婶婶达成了这样的共识，协助他们做了一件有益于家族的事情。

"三妈"和她的儿女们：小季阿姨家的二三事

连续几个月足不出户，家人聊天的机会更多了，我也就有时间和机会听太太讲一些平常不太能接触到的家长里短，比如小季阿姨的故事。

小季是我太太的闺密家的保姆，今年还不到 50 岁，因为年轻时帮这位闺密带过家里的娃，家人便都跟着孩子叫她小季阿姨了。

像很多 20 世纪 80 年代农村的少女一样，小季在念小学的时候就开始向往外面的世界了。小学刚毕业，不到 14 岁的小季便央求在北京打工的姐姐带她出去，并如愿在一位大学教授家找到她的第一份工作：看孩子。

小季仍然清楚地记得第一次到教授家面试的情景。那位在大学当教授的奶奶看着眼前这个面色红润，身体圆滚滚、结结实实的女孩说："看你这样子，应该能抱得住小孩吧？"

小季说："我力气很大，肯定不会让小孩摔到地上的！"

教授说："我看也是！虽然你年纪小，但我相信你！"

那是 1986 年的事了。从那天起，小季开始了她的第一份工作，称呼也由小季变成了"小季阿姨"。

小季口中有两个妈妈：管养大她的女人叫阿妈，管生她的女人叫三妈。

我太太费了很大劲儿才让我弄清楚这里面的关系：小季在九个兄弟姐妹中排行老八，她的父亲在众多兄弟姐妹中排行老三。她父亲的一个弟弟结婚很多年都没有孩子，按照小季的爷爷和大伯的要求，便把刚出生三个半月的小季过继给了弟弟，也就是小季的叔叔。从此以后，小季的亲生父亲变成了三伯，叔叔变成了阿爸。

小季很争气，过继三年后，阿爸和阿妈夫妇俩便陆续诞下一女两子，生活自此圆满。

小季的阿妈年轻时是个大能人，做得一手好缝纫活计，村里村外的妇女们都会请她做衣服。活儿多到接不过来，她便收了几个徒弟打下手。因为这门手艺，众徒弟，以及经常上门做衣服的妇女常常会提些点心、糖果之类的礼品上门，阿妈便尽着小季和弟妹们放开吃，所以小季小时候便是圆滚滚、胖乎乎的模样，给人很踏实、很靠谱的印象。

小季的童年本应该是无忧无虑的，但是等她逐渐懂事后，从村里大人、小孩口中得知自己的身世，心里便有些别扭。阿妈家和三妈家本来就在同一个村子里，小季和哥哥姐姐们经常能见上面,哥哥姐姐们对她的友善带给她温暖,所以她会时不时跑到三妈家玩耍。但她内心对三伯、三妈是有些怨恨的。

阿妈曾经努力不让小季知道自己是养女这件事,看来终究瞒不住,也就不再避讳了。看到小季常和自己的哥哥姐姐们玩在一起,阿妈心里便有些气,有一次小季犯了错,阿妈竟责骂道:"你爸、你妈都不要你了,是我把你捡回来养大的!"

这句话很扎心。随着年龄渐长,小季心里慢慢淤积起不满和伤心。看着村里的姐姐们纷纷出去打工,每年春节时都带着大包小包喜气洋洋地回家过年,个个都比村里人时尚漂亮,她便也早早生出远走高飞的心思。于是便有了刚才说到的那一幕:刚刚小学毕业、虚岁只有 14 岁的小季,跟着姐姐们到北京打工。

直到 10 年之后,在经历了结婚、生养以及由此伴生的各种纷扰之后,小季才有机会在跟三伯通电话时得知真相:她不是被亲生父母丢弃的,而是因为亲生父母要服从家族中最有权威的爷爷的意志,为季家另一脉延续香火才被迫这样做的。

后来的日子里,小季心里便真正住进了两个妈妈,作为养母的阿妈和作为亲生母亲的三妈。除了阿妈生的 3 个孩子,她的生命中又多了 8 个很亲近的人:跟她一母同胞的 4 个姐姐,3 个哥哥,以及在她过继到阿爸家后出生的弟弟。

一年多前,在村里相当受人尊敬的三伯因病去世。这个享年 88 岁、养育了 9 个孩子的老人临终前留下的话是:"有我在,你们的妈妈还好；我走了，她可怎么办啊？"

知妻莫若夫，老人的担忧很快就被印证了。三伯下葬后，相守了60多年，安心相夫教子，从未踏出村口半步的三妈，开始被孤独和恐惧折磨，她独自守着空空的房子，每天晚上睡不着觉，整天都在家里啼哭。

嫁在同村的两个姐姐要接她去住，她不愿意，也不习惯。她想起自己还有4个在北京打工的儿子，她要到北京去，和儿子们一起生活！

三妈刚到北京的时候，对4个儿子提了一个要求：不管住在谁家，不管彼此相隔多远，每个周末4个儿子都要聚到一起吃顿饭！她自己吃得不多，但就是喜欢看着自己生养的4个儿子在一起亲亲热热团聚的样子！

这样的幸福持续了没多久，问题便来了。首先，4个儿子的平均年龄都已经50多岁了，最大的已经60多岁，每个家庭都已经是三代同堂，都有孙子或孙女需要照顾了。其次，4个儿子都是从事建筑或装修工作的，每天还要出去打工，挣钱贴补孩子和孙子的日常用度，他们的妻子，也就是三妈的4个儿媳妇，除了要帮忙带孙子，还要抽空出去做小时工贴补家用。第三，因为收入有限，四兄弟都是在郊区租的民房，远不如乡下的房屋宽敞。

俗话说，"舌头和牙齿也有打架的时候"，何况老太太每天要面对的是性格、性情各不相同的4个儿媳妇。

和很多传统的中国婆婆一样,三妈对每个儿媳妇都有些意见,从她们管教孩子的方式,到每天的饮食起居习惯,以及说话的方式和语气,每天都能发生些让她不开心的事。

不开心的时候,老太太照例会独自啼哭,只不过不是在家里,而是到门口、到马路边上哭,仿佛要让所有路过的行人都听到她的委屈和不满。

儿媳妇们也觉得委屈,又有些啼笑皆非:怎么老太太跟个小孩子似的,为了跟曾孙子争食一块饼干这样的事也要到大街上哭诉呢?

这样的日子久了,她们也撑不住,于是大哥召集家庭会议,定下了让老人在4个儿子家轮流住,每住两个月就轮换一次的规矩。

"新政"出台后,婆媳之间的摩擦还是会时常发生,好在儿媳妇们也都很体谅老人,纵然有些委屈,忍两个月之后就可以有半年的喘息时间。在小季眼里,3个嫂子和弟媳妇都已经很尽心尽力了,倒是她的三妈有点"难搞"。

虽然表现得任性而又古怪,可是,老人对小季却始终有一份特别的疼爱。因为知道小季的阿妈身体不好,小弟也生病住院了,自从搬到北京后,三妈便拒收小季逢年过节孝敬的红包,小季只好时不时买些老人爱吃的东西送过去。

小季知道,三妈心中对自己是怀了一份愧疚的。但她不希望老人这么想，前些年已经升级为姥姥的小季阿姨，早已经完全理解并原谅了自己的三伯和三妈。

讲完小季阿姨的故事，我太太感慨道：什么时候中国的女性能够对女儿和儿媳妇一视同仁了，婆媳关系现代化了，中国人的生活质量就会大大提高了。

我想了想，还真是这个理儿呢！

持箸记史

被妈妈唤回家吃饭，是一个久远的记忆，也是一个幸福的记忆。

记得小时候，我在外面玩，我妈在阳台上喊："阿仑，回家吃饭了，不要再玩了。"那个时候，我跟玩伴之间的打闹好像还没有尽兴，会有几分不舍，但是看见我妈站在阳台上，眼神里充满着慈爱和期待，只好拍拍手，拍拍屁股，把灰尘弄干净，再上楼回家吃饭。我妈总是要提醒"洗手，洗手"。洗了手，我就开始享用美餐。

这样一个久违了的温馨场景，在疫情期间，又重新出现。

闷在家里的这些日子里，爸妈又经常喊我去吃饭，只是现在

父母共读

父母做的一桌家常菜

改成了用微信喊。有时候是我爸,有时候是我妈,他们会发语音给我:"阿仑,下来吃饭了。"

吃饭的时候,坐在对面的爸妈健康、平和,很恩爱,也很幸福。我非常开心。面对满桌从小留下深刻记忆的美味,我一边吃,一边回味,一边跟他们聊天。

我爸妈会做几样拿手好菜,比如霉干菜烧肉、白斩鸡、蛋饺、腌笃鲜,这些菜也是他们的爸妈传下来的。

爸妈的老家在嘉兴,一个叫王店的小镇上,他们从小就吃这些菜。他们年轻时离开嘉兴,过了这么多年,这些菜始终没有离开过他们的饭桌。在这样一个特殊的时期,我又回到爸妈的饭桌前,把这些从爷爷奶奶,从更早的先辈那里传下来的家乡美味,再吃了一遍。

每到这样的时候,我就会想象爸妈年少时生活的场景,他们那时候生活在一个什么样的社会环境中,他们又是怎么认识的?

于是,在这段特殊的日子里,每次和爸妈一块吃饭的时候,我就会跟他们聊一些以前的事,把很多我小时候问过、但当时还不算太理解的一些细节再刨根究底挨个儿问一遍,然后把这些片段串联起来。

王店的倒影

我爸生于 1934 年，我妈生于 1937 年。他们的童年都是在浙江嘉兴的王店镇度过的。我妈说，20 世纪 40 年代的时候，那里还很祥和、很繁华，生活还是很舒服的。

小镇和现在的西塘一样，被一条东西向的河分隔开。镇上有一条街，从南到北有两里多路，两边都是铺子。镇上的每一家都有沿河的房子，大门的门板是可拆卸的，夏天的时候把门板拔下来，抱着门板就可以下到河里游泳。

临河的堤岸边有一些延伸到水里的台阶，在这里可以洗漱、淘米、洗菜。河里有很多鱼，常常有人在河边钓鱼。总之，那是一个典型的江南水乡小镇，恬静，有诗意。

我爸说，当年这条街上的铺子主要卖一些日用品和土特产，还有卖食品的，比如云片糕，也有茶馆和小饭馆。

街上除了有很多铺子，还有两座教堂。一个叫天主堂，是天主教的教堂；一个叫耶稣堂，实际上是基督教新教的教堂。有两座教堂，说明当地还是有不少人信教呢。

当然，庙更多。在这条街上，有四五座庙，包括土地庙、关帝庙、观音庙等。这些庙各管一摊事儿，每座庙都对应着普通人的一些精神诉求。

街上还有三所学校。街东边和街西边的学校都只有小学一到

今日的王店

四年级。中间的学校叫中心小学，从一年级到六年级都有，是当时镇上水平最高的学校。我爸说他的祖父，也就是我的曾祖父，在中心小学做过校长。

后来，中心小学又加了初中一年级。那个时候，读了初中就是文化人了。1949年之后，有初中以上文化的，算是知识分子，政府会直接安排工作。

这条街上还有五六个中药房，另有两个中医老先生给人看病。

茶馆很多，其中最大的一家茶馆在桥头，是我的外公外婆从乡下来到镇上后开的,名叫仝羽春。茶馆的大小是按门面计算的,一般的茶馆只有一个门面,但是外婆的茶馆有两个门面。

除了这些,在20世纪三四十年代的时候,小镇居然有火车站。当时从上海到杭州的火车,到这里要停一下,所以镇上的人能做些小生意。他们经常坐火车把农产品,比如活的鸡、鱼,送到上海,换一些工业品回来,放在镇上的铺子里卖。乡下的农民再到镇上用农产品和钱换这些工业品,拿回到乡下用。

我妈说,我的外婆有几个姐妹,有在镇上开茶馆的,也有做别的生意的,用今天的话说,她们是创业者。每年春天,她们都

全家福(摄于1960年初)

会坐火车到杭州的灵隐寺烧香,借拜佛顺便游春,算是度假。

所以,虽然王店是个小镇,但镇上的信息一点都不闭塞,不管是上海的信息,还是杭州的信息,大家都能知晓。

我问:"当时街上有政府机构吗?"我感觉没有政府机构的话,这个镇好像就不成为镇。我爸说,当时镇上不光有政府机构,还有警察局,不过那时政府管的事好像并不多。

这就是我爸妈从小生活的地方,一个宁静、悠闲的小镇,在当时的江南,也是相对富足,生活相对优越的地方。

绸布店伙计的爱情

在吃饭聊天的时候,因为特别好奇,我总会问爸妈一些问题。他们虽然都有 80 多岁了,但是记忆力非常好,表达也清晰连贯,完全像是五六十岁的人。爸妈讲了很多他们经历过的事,我像是在看一部连续剧,把他们的生活、情感和经历又重新回放了一遍,非常开心地领略他们亲历过的时代风貌。

我问他们:"你们是怎么认识的呢?我一直都没有问过你们。"

我爸很积极,他说:"她哥哥是我同学。那时候我和她哥哥都在中心小学读书,因为这层关系,我和你妈自然就慢慢熟络了。"

我问:"那你什么时候认识老妈的?"

我爸说:"后来我们家衰落了,我就去一个叫同春发的绸布店做学徒。王店镇上的这些店,老板一般就一个人,很少有两个人合股的。通常是一个老板,请两个店员做事情。店员要从学徒做起,第一年管住管吃,不给工资,表现好的话,第二年开始可以拿到一点儿工资。同春发的店面就在你外婆家的茶馆边上,我每天要去茶馆打开水。正好你舅舅是我同学,所以我就在那儿认识了你妈。"

我又问:"那时候你们多大年纪?"

他说:"那个时候她十二三岁,我是十五六岁。"

我说:"按现在的说法,你们这也算是早恋吧?"

他说:"那个时候没有人管这种事情。"

我说:"这挺浪漫的,你们从小住在一个江南小镇的同一条街上,然后就认识了。那你们怎么又跑到西安了呢?我怎么就成了西安人呢?"

我爸说:"那是后来的事情。1949年以后,整个社会发生了变化,我做店员的这家店生意不太好,就关了。这时候有一个亲戚家的孩子,我应该叫表哥,他是杭州一家布厂的失业工人,参加了中华全国总工会的培训后,被分配到西北纺织工会当干部。我就跟他说,这边已经没有事情做了,我能不能也去西安。后来他告诉我,可以。他跟西北纺建公司的人事科长说了一下,我就去了。

"那个时候从王店到西安,过去这一路,特别折腾。先从王店坐火车到上海，再从上海换车到南京，从南京坐轮渡到浦口，再从浦口换车到徐州，在徐州换车到郑州，再从郑州换车到西安。这一路走了三四天。到了西安以后，我就在公司人事科上班。因为在人事科，我知道什么地方需要人，我就跟科长说：'我女朋友也想来，能不能安排一下？'

"人事科长说：'得先有一个她的自我介绍，另外得让她写阿拉伯数字。如果有文化，能写阿拉伯数字，就可以直接上班。'你妈是从当时嘉兴最有名的中学毕业的，于是写了个自传，又写了一些阿拉伯数字，过来一考试，就被录用了。

"到西安的时候，我19岁，她16岁，又过了几年我们才结婚。你是在西安出生的，就成了西安人。"

我说："有意思。你们这个故事让我感觉到，不安的年代也会有一份宁静，在巨变当中也会有一些安稳。在焦虑、不稳定、不确定当中，人的内心也会有一些美好的情感。"

我觉得，知道这些还不够，我要满足自己的好奇心，我得把他们的事搞清楚。于是，我每次吃饭的时候都会和他们聊一会儿，我想把那个时代的事还原，最终也许能完成一个拼图，让我更完整地审视20世纪三四十年代繁华江南小镇的面貌。现在到处都在建小镇，我却很好奇那个时候的小镇，究竟是一个什么样的世界。那里的人，究竟有什么样的生活，什么样的人生，什么样的故事？

病无可医，生死看淡

这些天人们宅居在家，都很关注疫情。所以在谈话中，我就问爸妈："那个时候有瘟疫吗？人们是怎么看病的？"

这时候总是我爸说得多，我妈在边上，看着我爸，眼神中永远带着赞许和温柔。我爸说："那个时候，整个镇上只有两个中医，生病了，有点钱的人才请得起这些中医。没有钱的人，只能自生自灭，得了什么病没人知道，也没有药吃。"

我问："什么样的人叫有钱人？"

我爸说："就是开店的这些人，比如我做过店员的同春发的老板，你外婆这种开茶馆的老板，还有乡下的地主，他们都算当时的有钱人。这样的人如果生病了，会派一个家里人去找那两个医生，约好时间，医生过来把脉，开个药方，然后再去抓药。就这样，如果病治好了就好了；治不好，人的生命就结束了。每个人病了以后，一般也不知道自己得了什么病，就算死了都完全不知道自己是怎么死的。那个时候也没什么瘟疫的概念，反正人死了就死了，有钱人弄副好棺材，没钱的人就用木板做个木盒，把人装进去，然后埋了。"

我说："我小时候听奶奶说起，本来你们兄妹有 7 个人，但最后只活下来 3 个。剩下 4 个都得什么病死的，都在几岁时死的？"

我爸说："我上面有 4 个姐姐，大姐、三姐、四姐都在五六岁以前得病死了。有一个弟弟，因为比较好动，两三岁的时候，把煮稀饭的锅碰倒了，滚烫的稀饭把他的下半身都烫了。烫伤了之后也没有药，家人就用一些油给他擦了一下，拖了一些时间，最终还是死掉了。当时家人也没办法，只能找几块木板，做了一个小木盒，把他埋葬了。"

我问："我记得，好像二姑和叔叔小时候也得过病，后来怎么治好的？"

我爸说："我二姐，也就是你姑姑，大我5岁，她小时候得了天花，眼看就快不行了，家人就把她放到后边的房子里，让她自生自灭。结果她活过来了。也不知道是什么原因就活过来了。现在她已经90岁了，身体依旧很好。人的命运就是这样，本来家人已经放弃了，但是她活过来了，后来的命运，你也知道，还不错。你叔叔得过疟疾，那个时候叫打摆子。发作时一会儿发高烧，一会儿冷得瑟瑟发抖。幸运的是，这个时候镇上来了一个西医。这个西医过来看了以后，给了几片药。吃了药之后，你叔叔的病居然就好了。当时我们都不懂，后来才知道，这个药可能是奎宁。你看，我们姐弟3个人，姐姐都90岁了，我们俩也85岁上下了，现在都很好。但是其他4个都夭折了，3个姐姐得了什么病都说不清楚。那时候，人说没就没了，也没有太大的震荡。"

我就问我妈："好像外公身体不是很好，死的时候还不到50岁。他得了什么病呢？"

我妈说:"你外公的病,现在叫肺结核,当时叫肺痨。他得了肺痨,老咳嗽,治不好,也不知道怎么治。他身体很弱,经常歪坐在茶馆门口的椅子上,晒晒太阳,看看人。你外婆非常能干,她经营茶馆。你外公就这么坐着,身体一天比一天差。我那时候小,才十一二岁。我只记得为了给他看病,家人让我去找接生婆。"

我问:"找接生婆做什么?"

我妈说:"那个时候,但凡有点儿钱或者是有点儿能力的,家里有人生病了,都会去找接生婆,找她们要孩子的胎盘。在老家,胎盘叫作胞衣,大家都找胞衣。但是只有接生婆知道谁家生了孩子,哪里能找到胞衣。所以妈妈带着我去找接生婆,然后拿回来一个胞衣,也就是胎盘。我们回来以后把它放在瓦罐上烤干,然后送到药房碾碎,再加一点儿其他药物,掺上蜂蜜,捏成药丸,给你外公吃。在镇上,能够吃上这种药丸,就算是很奢侈的治病方法了。据说能吃好,但实际上什么用也没有。所以小镇上很多人在很年轻的时候就死去了,能活到60岁都很不容易,70岁确实就是古来稀了。"

我说:"那倒是,要是都这么看病,还真是没法儿好。那个时候每年要死这么多人,还包括好多小孩,那人去世了怎么处理呢?"

我妈说:"那个时候,如果眼看老人快不行了,家人要去土地庙领路条,也就是在黄泉路上用的路条。我记得我爸爸快不行的时候,家里的一个大人带着我去了一座土地庙,到那以后跟庙里的人讲,讲了以后庙里头开了一张路条,我们拿了路条就赶紧往家跑。到家时爸爸还剩一口气,但他一直撑着,直到在嘉兴上学的哥哥赶回家,喊了一声'爸爸',才咽了气。有了这个路条,人断气以后,换上衣服,才能够装进棺材,而棺材早早就被买好放在家里了。"

所以那个时候,人是在自然状态下生存的,非常脆弱,无常、无望。但即使那样,也不能掩盖小镇曾经拥有的市井繁华,不能消磨小镇居民的喜怒哀乐,更不能阻止人们苦苦挣扎着追求幸福……在这个小镇上,世间万象是并存的,所有的这些,共同拼接成了一部小镇兴衰史。

家学

受家庭影响,我爸从小耳濡目染,琴棋书画这些"旧学",他都学习过。所以我小的时候,他就教我写文章,怎么写日记,怎么观察,怎么画画。这些天吃饭的时候,我突然对这件事很好奇,就问他:"爸,我曾祖父怎么当上校长的?那时候的学校是私立学校,什么样的人才能当校长?"

我爸说:"我的祖父,也就是你的曾祖父,是清朝的秀才,所以有资格当校长。"

我又问:"那时候校长的收入应该还不错吧?"

我爸说:"别的地方我不知道。可是在我的印象里,小时候家里的经济状况总是很紧张。上次我们回老家,你看过的那个房子,还记得吗?"

我说:"记得。在中心小学斜对面的街巷里有个院子,院子前面有些小铺子,后边还有一个院子,当时你还起心动念,想把它买下来,是那个院子吗?"

我爸说:"是的。我小时候就住在这院子里,印象中生活并不宽裕。当年我爷爷来王店做校长,要先买房,可是手头的钱不够,就跟镇上一个有钱的陈姓老太太商借。这个陈老太太脑子非常活络,她说:'我可以借钱给你,但你要付利息给我。这样好了,这个房子咱们分一分,我住一部分,你住一部分。也就是说,你要付全部借款,同时把该给我的利息折合成后院的房租。'于是,我爷爷把这个房子的前院租给别人开茶馆,他带着家小住中院,陈老太太住后院,很长一段时间里倒也相安无事。"

听到这里,我不由得对那位陈老太太心生佩服。她借给太爷爷一大笔钱买房,太爷爷自此不仅欠她房钱,还欠下不菲的利息;作为债主的陈老太太用这部分利息返租了院子 1/3 的面积给自己住。我做了几十年的房地产生意,还没发现有这么精明的算房租的方法。

听到这个房东这么会算计,我就问:"那怎么办?要是太爷爷不能及时还清借款,是不是会吵架?"

我爸说:"我记得有一次家人说付不起当期的借款,第二天陈老太太就把我们出入必经的门从外面锁起来,她自己出门去了。还不起钱,她就不让我们在里边住,我们也没办法。因为我爷爷还在中心小学当校长,我们不能离开,只好想办法凑钱给她。"

我说:"这还真有点儿窘迫。不过好在家里读书人多,听说我爷爷和叔爷爷也上过大学?"

我爸说:"是,我爸上了杭州的师范大学,我叔叔上的是南京大学,当时叫国立中央大学。"

我说:"那也不错啊,应该挣了钱,多少能补贴家用吧?"

我爸说:"我们家的故事,还挺复杂。我之前跟你说过,我上面有四个姐姐,结果死了三个,剩下一个,也就是你二姑。我奶奶一直想要一个孙子,可是还没等到我出生,我奶奶就去世了。奶奶去世后,我爷爷生活上没人照顾,他就跟家里的丫鬟生活在一起,又生了个小孩,就是我姑姑。我爷爷去世以后,这家就散了,之后就没怎么再联系。"

我说:"那也不错啊,不过,你叔叔后来从国立中央大学毕业,是跟着国民政府混吧?"

我爸看了我一下,他大概对我说"混"这个字不太习惯,我说:"就是给国民政府做事。"

我爸又接着讲:"我叔叔毕业以后去了西安,在国民政府里做事。那时候他有一个女朋友，也是王店镇上的人，两个人像私奔一样跑到西安去了。后来他们还生了个小孩。没想到我叔叔人到中年，也得了肺痨。他死了以后，这个女孩因为没有结婚，就把小孩送给了当地的农民。当时还在抗战期间，兵荒马乱，到处都在逃难，这个女孩也跟着到处逃。有一次逃难时，她突然晕倒了。由于她身上穿的衣服还不错，模样也干净，看上去又很有教养，一个路过的国民党军官看见以后，就把她抱起来，放在马背上，带回营地，悉心照顾。这个女孩醒来以后，他们就开始聊天，一来二去，这个军官居然很喜欢这个女孩，最后娶了她。之后国共内战，国民党军队失败，这个军官成了统战对象。"

我说："那后来怎么样了？现在又怎么样了？"

我总是问后来，因为我一直想知道，这些事跟我现在的世界还有什么关系，我想知道人的命运到底会发生什么样的奇迹和转折。

我爸说："后来还很有意思。这个军官在北京还做了政协委员，这个女的据说也在北京，但我们没有联系。"

我说："现在这个女的年纪应该挺大了，比你们还要大，不知道还在不在。"

我爸说："这就不知道了，但是她好像还有个孩子，也在北京。听说这个孩子的事业做得还是不错的。"

我说："你叔叔的这个女朋友叫什么？"

我爸想了想，摇摇头说："想不起来了。"

这么多年过去了，经历了沧海桑田，很多童年听过的故事、见过的人都记不得真切样子和名字了，这很正常，也并不重要。一个从南方小镇走出来的女子在哪儿出生？小时候长什么模样？她是怎样长大的？她后来的人生又经历过哪些坎坷？多数这样的人不会被人知道，也不会被关心，但我爸口中这个女子的故事在我脑海里留下了印象。她这样的人生际遇，真是很中国的故事。

外婆的"商业经"

在我的印象中，外婆是一个很干练，做事风风火火的人。"文化大革命"开始后，西安发生了很多武斗，为了躲避武斗，1968年我跟随父母一起回到老家，躲在王店镇上，和外婆在一起住了3个月。这3个月是我和外婆相处得最久的一段时间。外婆非常能干，声音很高，院子里所有的事情都在她的掌控、调度中。

有一天吃饭时，我问我妈："外婆是怎么想起来开茶馆的呢？我印象中，西塘、王店这些地方，茶馆一般都开在桥头，就像现在的十字路口，这些地方人来人往，最适合开茶馆。外婆怎么想到在桥头开茶馆呢？而且听爸说外婆的茶馆生意很好，有两个门面，一般的小茶馆就是一个门面。茶馆是多大的生意？外婆为什么只开茶馆呢？"

我妈说:"其实按现在的讲法,你外婆这叫创业。她跟你外公原来住在乡下,有一点儿小积蓄,但是不甘心在乡下当农民,想有更好的生活。于是两个人拿着积蓄到了王店镇,从开小茶馆开始,一点点做起来,慢慢做大。"

我说:"外婆那时候很年轻啊。"

我妈说:"是的,你外婆跟你外公结婚以前,你外公有过一个老婆。前面的老婆为他生了三男一女,后来生病去世了。你外婆跟你外公在一起,又有了我们姐弟三个。所以说起来,我们这一家是兄妹七个。"

我说:"那外婆很能干,要照顾前任的子女,又要照顾你们,照顾外公,还要张罗茶馆,而且这个茶馆在当时也算是不小的生意。外婆是怎么做到同时兼顾这么多事的呢?那间茶馆是怎么经营的呢?"

这时候我爸接过话头:"我跟你说吧。我每天都在茶馆打水,我知道茶馆怎么经营。"

我问:"怎么经营?"

我爸说:"茶馆生意还是很好的,不光能喝茶,实际上还能吃饭,大家每天还在这儿交换一些信息。"

我说:"怪不得茶馆生意这么好。当时具体是怎样的情形?"

我爸认真想了想,对我说:"茶馆一天有三拨生意,早上6点多,天蒙蒙亮的时候,镇上的老板们就过来了,这时候茶炉子、

外婆的茶馆

茶都烧好了,他们过来吃一点儿糕点,喝喝茶、聊聊天,听听家长里短和社会上的情况,把生意上的消息交换一下,互相做做生意。"

我笑着说:"这不跟纽约人的活法差不多了?"

为了生意,我在纽约曾经专门接受了一个公关公司的培训,他们教我怎么样利用好参加早餐会的半个多小时:这段时间聚集的都是城中很有势力、很厉害的老板,有名的企业家,以及一些很有影响力的媒体人、明星,他们喜欢在早餐会上交流一些信息,虽然时间很短,但是信息量很大。

我回想了一下培训的内容,就问爸:"他们一天中最重要的时刻,其实就是早上在茶馆的这段时间,通过彼此沟通和了解到的情况,决定这一天做什么生意,是吗?"

我爸说:"是的。"

我问:"他们一般会吃到几点?"

我爸说:"他们吃到 8 点左右就散了。上午九十点的时候,茶馆的第二拨生意就开始了。"

我问:"第二拨客人是谁呢?"

我爸说:"第二拨是乡下有能力来这儿做生意的人,他们拿着一些土特产、农副产品来到镇上,有的人把东西放在别人那儿寄卖,也有一部分人把东西放在茶馆边上,摆个摊,自己在茶楼上喝茶,也能看见这个摊,有人来就招呼一下生意。其中手头宽裕的客人会点些吃的东西,算是把午饭解决了。"

我说:"听起来还挺浪漫。人坐在茶楼里,露半个身子,边喝茶边照应着楼下的路边小摊,有人过来了,吆喝一声。比如说有人来买一把青菜,吆喝一声:'多少钱啊?'这人可以探出身子来报出一个价格。然后买家说:'好,我拿两捆。'这人就说:'把钱放在篮子里就行。'然后买家把钱放下,拿两捆菜就走了。这种生活很田园,很诗意,也很有趣,看起来像《清明上河图》里的景象。"

我爸说："是的。"

我又问："第三拨客人又是谁呢？"

我爸说："下午两三点的样子，早上那拨人又回来了。"

我问："他们这个时候来干吗？"

我爸说："到这个时候，他们各自店里的生意就快结束了，人不是那么忙了，于是纷纷溜达到茶馆里喝茶聊天，这会儿就是扯闲篇了，把一天的事做一个总结。聊到四五点，这拨人就回去了，茶馆也就打烊了。第二天早上茶馆继续开门营业，如此往复。"

我说："那按现在的话说，茶馆的客户群很稳定，生意不大，但是天天有，而且它既是餐厅，又是情报交换站，还能当交易场所，同时又是市井生活的一个出口，可以照顾到四面八方的人。茶馆除了在室内做生意，有时候还把茶水送到外边，卖给外边，是不是这样？"

我爸说："是，我在布店做学徒的时候，每天都会去茶馆打水，也不是说一分钱不要，还是要给点钱的。"

我说："卖东西的人在茶楼上又能喝茶，又能卖东西，可以两边都不耽误，对茶馆来说，这真是一个很不错的生意。怪不得外婆能把茶馆做得这么好，面对南来北往的人，需要懂得人情世故，人情面大，才能张罗好。这跟我印象里外婆的形象对上了。"

有一出戏叫"沙家浜"，里面的阿庆嫂也有一家茶馆，叫春来茶馆。阿庆嫂在春来茶馆里招呼南来北往的人，才跟忠义救国军有了关系，同时又周旋在各种各样复杂的关系中，保证自己的生存。茶馆的特殊性，也构成了这个故事的合理性。

我又问："除了茶馆，还有别的生意能做吗？"

我妈说："你外婆很能干，她还做一些别的生意。"

我问是什么样的生意，我妈想了一下说："她还做粮食生意。"

我爸："在那个地方，有点儿钱、有点儿能力的人，也会做粮食生意。"

我问："怎么做呢？"

我爸说："他们都是利用季节差异赚钱，粮食收获以后就存放起来，等到第二年缺粮的时候，再拿出来卖。"

我说："这不是囤积居奇吗，利用粮食的季节供求变化吃差价？"

我爸说："我不知道这么多道理，但是大家都是这样做的。"

我说："外婆也是这么做吗？"

我爸说："也是这么做。在收获的时候，她从乡下收一些粮食回来，放在仓库里，等到来年收获前，也就是粮食最紧缺的时候，再拿出来卖。"

我说："后来这些粮食生意怎么样？一直可以这么做吗？"

我妈说："1949年以后这种生意就没有了。"

我问："那还有什么生意可以做？"

我爸说："你外婆他们也经常结伴去乡下收购一些土特产品，收购了以后，多数时候用火车，有时候用船，运到上海去卖。然后他们会拿这些钱买一些日用品、工业品回来，放在茶馆里，再卖给乡下人。"

我说："这个生意听起来还挺不错的，赚得多吗？"

我妈说："反正我小时候吃穿不用愁，你外婆把我们照顾得很好。"

我说："是很好啊，怪不得你们能去找接生婆买胎盘来做药给外公吃。"

我妈说："因为你外婆有能力，才能做这件事。"

我说："我印象中，外婆还照顾了你的一个亲戚。"

我爸问："你说的是哪个亲戚？"

我说："我记得'文革'的时候，大约是1968年，有一天家里来了个亲戚，是我舅舅的小孩，从上海同济大学毕业，带了一把大提琴，在我们家住了一晚上，他还给我拉了一段音乐。那是我第一次知道有大学，有大提琴，有音乐。那时候我八九岁。"

我妈想了一想，说："他叫根荣。"

我说："是的，这个人现在还在吗？他爸爸是你的哥哥，对吧？"

我妈说："是的，但是他们家很冤枉。"

我说："为什么说冤枉呢？"

我妈说："我爸爸前面的老婆生了三男一女。镇上有一户人家，经济条件很好，而且还有些地位。我爸爸和他们关系好，就把最小的儿子，也就是我三哥，送给这家人了。1949年以后，这家人可能有什么复杂的社会背景，三哥的成分就有了问题。因为家庭出身不好，所以后来就影响了他儿子，也就是根荣。当时凡是出身不好的人，大学毕业后都被分配到非常远、条件又不好的地方。根荣也不例外。"

我说："他被分配到哪儿了呢？"

我妈说："他被分配到甘肃的一个水电站，叫白龙江水电站，在那儿工作。他当时来咱们家，准备在这儿住一晚，再从西安转火车去甘肃。他在那儿一直工作到退休，现在在西塘养老。他应该比你大10岁左右。"

我说："想起来了，怪不得有一次我去西塘的时候，你跟我说，我在西塘还有一个亲戚，原来说的就是他。我如果知道在西塘的亲戚是让我第一次认识大提琴的表哥，那我一定要找到他。那他妈妈，就是你三哥的媳妇，因为丈夫出身不好，受到什么牵连吗？"

我妈想了一下，说："还好。"

我问："为什么？"

我妈说："你外婆后来给了我三哥一笔钱，让他做一点儿生意，于是他们夫妇就在西塘那边做生意，听说还好。"

我说："外婆真好，还那么照顾前任的孩子。"

我妈说："能力大，管的事儿就多。"

我仔细琢磨了一下这句话，还真是这个理儿。人生就是这样，能力大,管的事儿就多,所以外婆能操心前任的孩子,包括这些孩子的家庭和他们的生意。

我问:"外婆是给他钱创业,还是借?"

我爸说:"我的印象里,应该是半借半给吧,反正就给他一笔钱,让他就在西塘做个生意。"

我说:"西塘离王店好近,也很不错啊。"

我妈说:"是,两个地方很像,所以他们很适应,就在西塘一直生活下来。"

我说:"哦,我这时候才想起来,怪不得你那会儿也想创业,原来你有创业基因,所以我也变成了一个创业者。"

我妈说:"是啊,我从小看你外婆折腾,我就也想折腾。"

这段话有个由来,前些年"双创"[①]高潮的时候,有一天我妈跟我说:"儿子,我也想做一件事情。"

我问是什么事情,我妈说:"我能不能试一下,也做个生意?"

我说:"可以,你想做什么呢?"

我妈说:"我就做蛋饺。"

我说:"好呀!你打算怎么做?"

我妈说:"我观察过了,从嘉兴、王店出来的人,都很喜欢吃蛋饺。如果我把它做好,你找人帮忙在电商平台上卖,我就负责

---

① 双创,即"大众创业""万众创新"。——编者注

做，你爸帮忙。"

我说："可以，你要做的话，我可以找人帮你在网上卖，你负责做就行了。"

我记得那个时候我妈非常兴奋地说："好，那我就试试。"

我说："那你先算个账呗。"

我妈说："当然要算账。"

我妈在退休之前，是一个单位的会计师，她一辈子都是做财务的，所以很会算账。

但是，几天后我们又见面的时候，她告诉我说："儿子，这事不能做。"

我问为什么，她说："会赔钱。"

我说："你差一点儿就成为全国年龄最大的创业者，82岁创业，我还在等着你告诉我，你真的要创业了。"

我妈说："会赔钱，这生意不能做。"

交谈过程中，我看着我妈，她精神这么好，而且这么敏锐地关心外面的事情，恍惚间，好像外婆又回到身边，又走到我眼前。人的遗传，不光是生物基因的遗传，实际上还有社会基因的遗传，甚至是社会身份的遗传，也包括价值观的遗传。这种遗传原来是这样"润物细无声"复制的过程。

从这些对话里，我看见了外婆的过去，又似乎看到了外婆的再生。跟妈聊天，听爸讲过去的故事，成为这段"避疫"生活中我最快乐的事情。我又找到了一些根据，今日社会之所以变成这样的根据，我之所以是我的根据，我的观念之所以是这样的根据，以及我的未来要朝哪里走的根据。

悼亡记仁

默哀、讣告与悼词

2020年4月4日上午10时，我站在窗前，默哀3分钟。窗外汽笛长鸣，喇叭呜咽，所有行人都停下来，肃立、默哀。此刻全国各地都在举行悼念活动，哀悼在抗击疫情的过程中牺牲的烈士和受难同胞。电视里也在直播各地的悼念仪式。

3分钟过后，我依旧沉浸在肃穆的氛围中，脑海里不断地浮现过去几个月中关于疫情的一些画面，最终跳出来8个字：缅怀，然后坚毅前行。

这8个字，也是《人民日报》的评论所表达的意思。我看到《人民日报》的一篇评论员文章里这样写道：风雨过后，生活还将继续；逝者安息，生者自当坚强……让我们化悲痛为力量，继续攻坚克难，更加勇毅前行！

我觉得缅怀逝去的人，目的是激励活着的人，让活着的人意志更坚强，对未来更有信心，更好地前行。

在这个特别的时刻，我思考了一个问题：生者和死者的关系。

我们对死者的态度，实际上，时时刻刻都是为了活着的人。我们要通过种种缅怀、悼念的仪式，为生者制定一个活下去的规则，指明未来前行的方向。缅怀和悼念的仪式，历史上很早就有一套成熟且完整的做法。长期以来，这套仪式都被特别重视。

当逝者离去的时候，人们往往会通过表达对逝者的态度，来表达"自我"，同时也强调逝者对生者生活的指引。

我最开始注意到这件事情，是在 8 年前。当时我在新加坡国立大学李光耀公共政策学院读书，每次坐飞机往返时，我都会翻一翻飞机上的报纸。其中有一份报纸叫《海峡时报》，上面除了新闻，副刊里还有很多讣告。

讣告，是在亲人逝去之后，家人第一时间把这个消息通知给亲友的文字。尤其是在一些传统文化保存比较好的地方，讣告的表达非常精准，也非常严格。

中国的讣告的开头有固定的格式："哀启者：先严/慈×××恸于×年×月×日逝世……"也就是说，逝者家人哭着通知大家这件事。对父亲的称呼，是"严"或者"考"，对母亲的称呼，是

"慈"或者"妣"。在写逝者年龄的时候,也都会尽可能地用虚岁,多说一两年的样子,以表明逝者生活很好,寿命长。

还有一点,写到逝者临终的时候,讣告都会强调"子女随侍在侧,亲视含殓,正柩夷于堂,尊礼成服",即逝者离去的时候,子女在身边;逝者被安置于棺中时,子女也都在旁边。接下来子女按照一定的仪程完成一系列隆重的仪式,"尊礼成服"。而在这句话之后,讣告才通知什么时候、在哪儿开追悼会,在哪儿祭奠。

整饰遗体、哀悼、埋葬、祭奠,通过这样一套完整的仪式,表达对逝者的悼念。

其实不光是中国文化如此,基督教文化中,讣告也有一套规制。去世不叫去世,叫"蒙主宠召,安返天国",也就是说,上帝把逝者叫走了。活了多少岁也不说"享年多少岁",而是说"在世寄居多少年",意思是,这个人现在去天堂了,之前在人世间走了一圈,总计多少年。这也是一套说法。

讣告的写法,实际上表达了一种主张,一种价值观。比如,对老年人、对长辈要尊重,是中国孝道文化中很重要的一部分。所以,发讣告之后,要办追悼会,追悼会之后要出殡,出殡时亲人须披麻戴孝,体现的是对逝者的尊重,也是对孝道文化的遵循。

当然,现在开追悼会已经比较简单,没有那么繁复了,但表达的也是一种对生命的态度,只不过,这种表达方式掺杂了一些现代文化和流行文化的要素。

我记得，在很多年前，一个朋友去世，我去参加他的追悼会。在追悼会上，他的家属放了一曲他生前特别喜欢的俄罗斯音乐。我想，他的家人大概是希望用这首他喜欢的曲子，陪伴他走完人生的最后一程吧。

之后，这个朋友的灵柩从屋子里被抬出来，送去火化。大家也都跟着走出来。在门口的时候，我看到有人拿着吹奏的乐器，还拿着一个小本子，凑到大家跟前问："要不要再奏一曲？"

我很好奇，就问："怎么这个时候还可以点歌呢？"

这个演奏者告诉我说："这边经常有人来点歌，你不想用这样的方式送逝者最后一程?！"

我问："在这儿一般都点什么歌啊？"

他说："点得最多的有三首。第一首是《其实不想走》。"

我说："这个挺合适。第二首呢？"

他说："第二首是《真的好想你》。"

我说："这也合适，表达了生者对逝者的怀念。第三首呢？"

他说："第三首歌是《走进新时代》。"

我心想这算是生者和死者达成的共识：都要朝前看，走进新时代。这也是一种进取的人生态度。

这件事给我留下了很深的印象。其实，人对逝者的态度，无论是在古老、久远的传统社会，还是在新社会，我们在追悼会上表达的，都是借助逝者暗示某种对生者未来做的约束或提供一种规则。

我有位同学的父亲是个"大笔杆子",有一次他跟我说:"我爸最会写的是悼词。"

我说:"你爸是一家大报社的头儿,社论、通讯应该写了很多,怎么会专写悼词呢?"

他说:"我爸只给一类人写悼词。有一段时间,部队里某个级别以上的一些人的悼词都由我爸来写。因为他几乎知道每个细节,对某个人的评价,对某个人的后人的激励,他都能写得非常精准。"

所以对逝者的评价,不是讲给逝者听的,因为他已经听不到了。最重要的,是让活着的人知道,我们倡导什么,主张什么,遵循什么。

国外报纸的讣闻版主要就是登讣告,而且在这些国家,写讣告成了一个职业,有人专门做,就是给普通老百姓写。写讣告挣钱不多,但是相对比较专业。这些人也和中国写讣告一样,会按照一个套路来写,使国民遵守一个共同的道德准则和价值观念。所以,在这一点上,中外是共通的。

现在,我们对待逝者的态度,体现的是要尊重生命,对生命的过往加以肯定。在褒奖逝者的同时,对生者的未来有所约束,有所指引,希望人们在这一基础上更加有所作为。这就是默哀的意义,也是默哀所期望的结果。

守孝与丁忧

中国古代对逝者,特别是至亲的悼念方式是守孝。祖父母、父母去世以后,子女后辈要守孝三年,其间不得婚嫁、应考、上任,这叫"守制"。如果是朝廷官员,从得知丧事的那一天起,就得辞官回到祖籍守制,这被称为"丁忧"。

在中国传统的孝文化里,必须做好几件事情。比如,要顺,也就是要听父母的话;要养,也就是要供养父母;要有孩子,所谓"不孝有三,无后为大";要立业,光耀门楣。还有一件事,就是要"追思",是否怀念和追思先人,是区分孝与不孝的一个很重要的标志。

追思,就是表达对先人的态度。通过什么方式来表达这种态度?用时间。所以才有古代的守孝三年。在这三年时间里,子女要遵守很多的规矩,比如不能参加娱乐活动,不能喝酒,甚至不能洗澡洗头,同时不娶不聘,不参加科举考试,夫妻不能同房,等等。如果谁的老婆在这期间怀孕,生孩子了,这个人会遭到指责,而且这件事会变成一辈子的污点。

当然,三年时间有不同的算法,有的时候、有的地方是掐头去尾,跨过三个年头就算三年。比如,父母在腊月去世,此时子女开始守孝,到第三年的正月,就算是三年,到第三年的二月便可以视作守孝期满。这是时间最短的情况,总共才 14 个月。也有人认为必须是三年整，也就是36个月。一般来说是27个月。在多数时候，官员丁忧的时间，都是27个月。

那么，古人为什么要强调守孝三年呢？尽管人们对三年的理解和执行时间有所差异，但都是用一段比较长的时间来表达自己对先人的思念。

有一种说法认为，这其实就是用时间来表达自己的态度。一个人出生前，母亲怀孕10个月，出生后到能下地走路简单自理，大概要两年时间。有人精确计算，认为这个时间总共是27个月。所以当父母去世之后，子女也要用同样的时间陪伴父母的灵魂，来报答父母的养育之恩。

具体的形式是什么呢？就是在父母的墓地旁边盖一个小茅草棚，住在这个茅草棚里，然后再耕种附近的一亩三分地来养活自己。同时，每天在小茅草棚里看书、写字，然后清静、思念，当然主要的事情是思念。

用这样的态度来表达自己的孝，这是每个人一生当中特别重要的事情。对于官员来说，这件事情做不好，就会影响自己未来的仕途，甚至会被政敌以此为由进行攻击。

比如明代著名的宰相张居正，在他推行改革的关键时刻，他的父亲去世了，于是要回家去守孝。但这个时候朝廷特别需要他，小皇帝就颁发一个诏书，强行把他留下来工作。这种情况，也有个专门的说法，叫"夺情"。意思是，这个官员太重要了，所以强行留下来，以为国家出力的方式代替尽孝。但是这样一来，他的很多政敌就攻击他，认为他在尽孝这件事情上有瑕疵，也就是道德上有瑕疵。

另一个人的事迹也常被人提起。子贡是孔子的学生，很会做生意，经常在外边跑。孔子病重的时候，其他的学生都在身边侍奉，子贡却因为在外面做生意，无法在孔子跟前尽孝。等子贡匆忙赶回的时候，孔子已经快要去世了，所以子贡内心感到非常惭愧。

孔子去世之后，他就在孔子墓地边上盖了个小房子，用尽子女之孝的方式来表达对孔子的敬意和爱戴。不仅如此，守孝三年期满后，他又守了三年，一共守孝了六年时间，他用后面多出来的三年，表达他的歉疚和对老师的爱戴。

这件事情，使子贡得到后人很大的褒奖。他也因此成为孔子众多弟子当中非常有名的一个。他若是因为经商赚钱，而耽误了对老师的照顾，同时又不能够很好地守孝，那么他在别人的心目中就会是一个坏学生，一个不孝之人，一个忘恩负义之徒。

这样一种守孝的伦理，在过去成为一种制度。这种制度，实际上维系的不仅是孝文化，还包括"君君臣臣父父子子"的基本伦理秩序，并不断强化这种秩序。所以，在守制这三年里，守得越悲情、越清苦、越执着、越专心，得到的评价就越高。

在实行科举制度之前，选官的一个办法叫"举孝廉"。也就是说，一个人很孝顺或者很廉洁，就有可能被推举去做官。反过来，在做官期间，如果一个人的祖父母、父母去世，他必须放下手头的工作，立即回家去守孝，守孝期满以后，才能脱掉孝服。这被称为"除服"，除服之后，才能回去继续当官。在古代，吏部对此有非常制度化的安排。

历史上还有这样一件事。有一个官员回家守孝，守够27个月之后回到吏部报到。结果吏部一算时间，发现当年有个闰月，该官员得守28个月才能回来。但是他提前一个月回来了，除服太着急，可见他孝心不诚，没有好好地尽孝，品德上有瑕疵。

面对吏部的责难，这个人就解释，自己确实不知道闰月这一个月时间是算数的，并不是自己心不诚。

于是吏部又反复地去考察，发现这个人其实很孝顺，品德上也没有瑕疵。确实是他不知道这样的规定，所以提前一个月回来不能怪他。吏部把这个结论上报给皇上，然后这个官员才获准回来做官。

由此可见，守孝这件事在过去非常重要，人们要用这样一种特别的仪式来表达思念和孝道，同时，这种方式又强化了"君君臣臣父父子子"这一套伦理秩序。这就是在特定的社会环境下，用对逝者的态度来建立一整套规则，约束生者的社会关系和行为。当这些规制能约束每个人的行为之后，实际上它们既强化了每个人和父母的关系，也强化了每个人与君王之间的君臣关系。因为在过去，君臣关系往往被看作是一种放大了的父子关系。于是，为子要孝，为臣要忠，忠和孝经常是可以互相替换的。

比如说刚才讲的张居正，他本来要丁忧三年，但是皇帝让他别回去，继续干活，要他用尽忠代替尽孝。这样一种制度安排，在古代既强化了既定的社会伦理秩序，也让统治阶层的管理变得更容易。

逝者的"坟"，活人的"魂"

对逝者的态度，从有形的方面来看，其实最重要的是坟墓。坟墓往往反映逝者生前的地位和身份。比如历代的帝王，大部分都修建了规模宏大的陵墓，其中不少陵墓历经数千年，仍保存至今，如秦始皇陵、乾陵等等。从西周到隋唐，有13个朝代在西安建都，这十三朝的皇帝在关中地区兴建了一座座高耸的陵墓。相形之下，老百姓的坟墓就简单得多，几乎就是一堆土，一个小坟包，野地里的一个荒冢。

但无论小到一个土包，大到由一座山建成的陵墓，表达的都是生者对逝者的态度，坟墓的规制、大小，明确再现了现实社会中的尊卑贵贱。比如在帝王陵墓里，不仅陪葬着各种奇珍异宝，早期的帝王陵墓里甚至有活人殉葬。这些活人常常是宫女和修建陵墓的人。陪葬的宫女可能会被预先赐死，给毒药或者三尺白绫，在她们死亡之后，遗体被运往陪葬的地方。因为朝廷要保密，防止盗墓，修建陵墓的人，尤其是工匠，常常被闷死在墓道里。

在秦始皇陵里面，除了陪葬的人、动物、奇珍异宝、兵马俑之外，根据《史记》的记载，地宫里还用水银做成江河大海。水银从哪里来呢？历史学家根据史料推测，巴寡妇清可能是当时唯一一个有能力提供这么多水银的商人。也就是说，可能正是因为帝王修建陵墓的需求，才滋养出这样特别的女商人和民营企业。

那么，秦始皇陵想表达的是什么？"秦皇扫六合，虎视何雄哉"，秦始皇统一六国，车同轨、书同文，建立了中央帝国，被臣子称赞为"自上古以来未尝有，五帝所不及"，所以建造一座巨大的陵墓，就是为了让人仰望和俯首称臣，不仅在他生前仰望，在他死后仍然要仰望。

其实国外也一样，埃及金字塔传递的也是这样一个信息：帝王是高于臣民的，而且不只是高一点儿。虽然通过墓道进入金字塔的时候，我们会看到埃及法老的棺椁非常小，比普通人的棺椁大不了多少。但是，当人们在金字塔附近，想要看清它的全貌时，仍然需要抬头仰视，并且每每被它的雄伟高大震撼。

陵墓所反映的实际上是生者给死者的定位，同时也是在强化一种社会秩序。墓葬的等级告诉生者，帝王、天潢贵胄、封疆大吏与普通人之间的差别是分明的，等级是森严的。

和古代通过墓葬表达统治方式不同，近现代的一些墓葬表达的则是另外一些内容。

记得有一次我去巴西首都巴西利亚,参观了巴西的总统纪念堂。总统纪念堂位于新城的一个轴线上,有一个向上的坡道,有阶梯,但并不是很高,那是一个非常开放的方形建筑。里面没人把守,任何人都可以进去转一转,像个博物馆。

进去之后,这里没有给人肃穆和压抑的感觉,反而非常自然,有亲和力。大厅里陈列着一些文物,背板用文字讲述开国者的生平,中间摆放着他们用过的物品,循环播放着一些影像资料,还有缅怀逝者的音乐。

我走着走着,突然看到前面有一个用绳子围起来的方形区域,昏暗的灯光映照着一副棺木,并没有很突兀,而是非常和谐,就像是博物馆或纪念馆里面的一件普通展品。只不过这时人们在这里可能会多停留两分钟,仔细地看一下。就这样,我走了半个多小时后的体会是仿佛参观了一个博物馆。

原来陵墓也可以这样。这种陵墓想要表达什么呢?我想,它通过一种相对平等、自然和亲近的感觉,传达的是自由和平等的价值观。

有一次我在中国台湾参观林语堂故居。这个院子完全按照他生前的格局陈列,卧室、书房、餐厅等,全部保留了他生前的样子,没有动过。

从书房出来,我走到二层小楼的阳台上,看到院子里有一个

林语堂故居一角（摄影/许培鸿）

小小的土包，还有一个碑，这就是林语堂的墓。原来他葬在了生前居室的后院里。如果这是他家属的安排，可能表达了希望亲人始终在一起的情感和愿望。生，陪伴在一起，即使去世了，依然陪伴在一起，互相守望。这样的墓，传递的是生者和逝者之间的亲密关系，同时也传达了一种以生命和爱为核心的价值观。

当然，现在又有不同。普通人可能会花 10 万、20 万在公墓里买一块只有 20 年使用权的一米见方的小地方，安葬骨灰，立一个碑，做个纪念，以便祭扫。

这种商业化的流水线式安葬过程磨平了人们的情感，把一切浓烈的爱、恨、怨……种种情感，都用商业给抹平了。

我又想起在俄罗斯看过的一个墓园，叫新圣女公墓。记得那次我是和王石一起去的，我们一路走一路看每一座墓前面的碑，特别是墓碑上的雕刻，感觉每一个墓碑都是一件艺术作品。比如赫鲁晓夫的墓碑是用7块黑白大理石相向衔接成的长方形墓碑，左半边为白色大理石，右半边为黑色大理石，中间是他的头像。墓碑一半黑、一半白，反差很大，表明他是一个备受争议的人，这就很有意思。

还有奥斯特洛夫斯基的墓，设计者按照他的小说中所描绘的战士形象做了个雕塑，放在墓前。

芭蕾舞演员乌兰诺娃的墓则是把她跳舞的身姿做成了一个雕塑，放在墓前。

所以，在这个墓园里走一圈，似乎是在看一座雕塑博物馆。当然，也是在看一座历史博物馆，因为每一个雕塑都透露出逝者生前的职业和他的成就，以及后人对他的评价。

在这墓园走一遍，等于把俄罗斯历史进程中许多重要人物的经历都了解了。据说每一个雕塑，都是由逝者的家人或者和逝者有密切关系的社团、组织来安排的，并不强求一致。所以，整座墓园表达出强烈的人文情怀和对逝者的尊重。

早些年，因为这些经历的触动，我想过将来我去世了，我的墓应该怎么做。我做过很多建筑，跟很多建筑师讨论过。我发现我们做的建筑都是给活人的，而对死去的人，除了给伟大的人修坟墓时会精心设计，给普通人修的坟墓，却很少有建筑师愿意花时间去设计、下功夫把它做好，常常是一个土堆，前面立一个碑，就完事了。

我觉得这不是我想要的。于是我找过一个建筑师，跟他讨论。我说："给你几亩地，你帮我设计一个墓园。"

他说："这个墓园有什么要求？"

我说："你们只会给活人做东西，今天我让你挑战一下自己，你给死人做一个墓园，要像给活人做的东西一样，视觉上很舒服，氛围上有亲近感。活人愿意来，来了以后愿意在这里停留，走一走，看一看，感觉墓里边的死人仍然活着一样，愿意跟他亲近，跟他说说话。大家在墓园里不会恐惧，反而感觉很舒服。"

实际上在我内心里，我想象的墓园应该是林语堂墓和巴西总统纪念堂的结合，我把这个想法也跟建筑师讲了。

过了些日子，建筑师画好了图。看了图之后，我说："这个不好。"因为他把放骨灰盒的地方设计得很突出。

他说："不这样的话，外人不知道这是墓。"

我说："骨灰盒平时不应该露出来。主要的大厅应该像博物馆或书房，所有人进来以后可以在这儿坐着，想象已经死去的这个人曾经是什么样的，还能怎么样和他对话，就像来看一个老朋友，喝杯茶，吃点儿东西，这种时候把骨灰盒放得这么突出，不经意间总能看到，就会破坏这种氛围。"

他说："那怎么安放呢？"

我说："你弄个机械装置，大家都散场以后，晚上没人了，让骨灰盒升上来，天亮后就降下去。如果有人想看骨灰盒，摁一下电钮，它就出来一下。绝对不能把它天天放在这儿，让大家感觉这是墓，应该让人感觉这是个客厅，是个图书馆，是个活动场所，是个私家庭院。"

后来建筑师又画了几张图，还敦促我去建。我说："暂时还不能建。但是你先把设计图画好，以后肯定有用。"

其实我只是想通过这样一种方式做一些思考：我们应该用什么样的物理形态或墓葬形式来界定我们跟死者之间的精神关系、道义关系，乃至法律关系，或者说用什么方式来表达我们对死者的态度，同时传达死者的精神对生者的关照与激励？我觉得，这才是面对生命终结的时候，我们必须明白和回答的问题。

祭祀与缅怀

生者对死者表达悲伤和怀念，是哺乳类动物中普遍存在的情感，只是在人类的身上表现得更为强烈、持久，也更有主观意识。

我曾经看过一部人类学纪录片，讲的是亚马孙丛林里，一个刚刚从野蛮状态进入现代社会的部落。这个部落的人平时不穿衣服，男男女女都赤身裸体，在沟壑纵横的热带雨林中奔跑、捕猎、抓鱼。其中有一个镜头，他们中的一个人掉到水里，被大水冲走了，岸边几个人看见后发出了一种原始的，像猴子、猩猩那样的吼叫声，情绪很激烈。但他们只吼了十几二十声，然后像是什么也没发生过一样，就离开了。这可能是我看到的人类最早、最原始的悲伤，也就这么点儿时间，十几二十分钟，不到半个小时就结束了。

　　人类进化到现在，社会性越来越强，有了文字可以记录，有了音乐可以共情，还有了制度……许多东西，让人和人的连接更加密切了。不仅有自然生命的连接，还有实物的连接，以及精神的连接。所以，一个人在经历了身边的人去世以后，他的悲伤和痛苦的时间延长了，延长了多少呢？据我观察，现代人痛失亲人以后，悲痛欲绝、特别痛苦的时间大概是两三天，比原始人类痛苦的时间长得多。

　　两三天之后，人们会慢慢接受现实，由悲痛转为怀念，开始缅怀。缅怀什么？想逝者过去对自己的好，想逝者做过的事，甚至想逝者留下的那些物件。这种缅怀和追思，将伴随人的一生。

　　为了表达缅怀的心情，寄托忧伤的情感，强化逝者的价值，人类发明了很多形式，除了之前讲到的那些以外，还有祭祀。祭祀的对象，可以是祖宗，也可以是去世不久的亲友。

比如我们去陕西省黄陵县桥山，看见满山松柏，树龄成百上千年，据说中华民族的始祖——黄帝，就安葬在那里。于是大家每年都进行祭祀，这成了当地一个重要的大典，有国家级的祭祀，省级的祭祀，还有民间的祭祀。

祭祀在中国，是一种特别重要的缅怀死者的仪式。传统做法中，祭祀要有一个固定场所，一般会修祠堂，然后摆一些贡品。贡品当中，被宰杀的牲畜就叫"牺牲"，这是最高的礼节，用生命贡献给逝者，表达生者的哀思。

除此之外，生者还要宣读祭文。这是一种很正式的文体，就像是生者在告诉死者：我们来看你了，你怎么伟大，怎么了不起，我们应该怎么向你学习，不辜负你，一定要把事情做好。这种固定的文体，就叫祭文。

在中国历史上，祭祀实际上分为官方祭祀和民间祭祀。比如诸葛亮死后，官方在成都修了一座武侯祠，定期举行祭祀活动，就是为了让人能供奉、纪念他。民间也有自己的祭祀办法。清朝有个人，叫赵藩，写了一副著名的对联，叫攻心联。上联是："能攻心则反侧自消，从古知兵非好战"。下联是："不审势即宽严皆误，后来治蜀要深思"。他总结了诸葛亮的一生来表彰他。还有很多人写诗纪念，比如"丞相祠堂何处寻，锦官城外柏森森"等等。像诸葛亮一样，一个人死了以后，还能让别人祭祀，身后有人为他修祠堂，祭拜，留下诗文，那就说明此人足够牛，虽死犹生。

民间还有一种最常见的祭祀办法——烧纸。这也是传达信息的方式。这是生者与死者的交流，对死者说话，把美好的愿望传达给死者，同时也表达生者的期盼，以及他们自己对未来的想象。

除了祭祀之外，还有一种缅怀的形式，就是修建纪念碑。纪念碑是一种特别重要的褒奖形式，代表生者对逝者特别肯定，所以用纪念碑给逝者一个固定的场所，方便人们定期或不定期去纪念碑前献花圈、献花篮，以此瞻仰纪念碑所代表的英烈或先贤，表达后人的信心、信念和意志。

同样起表彰作用的，还有牌坊。牌坊在中国历史久远，相当于给逝者发个奖状，但不是拿纸做的，而是用石头做的。把它放在哪儿呢？从安徽省歙县棠樾村的牌坊群可以看出来，牌坊主要放在大路上，很像现在高速路口收费站的位置，不管什么时候进出这个地界，你都得从这儿经过。这样的话，你骑马经过的时候，自然而然就会抬头，看见这个牌坊。它也像现在路边的广告牌一样，传达出一种精神、文化和道德观念。

安徽省歙县棠樾村牌坊群主要是表彰妇女的，叫贞节牌坊，分成两种。一种是政府修建的，由地方政府申请，等礼部（相当于现在的宣传部）批准了，国家拿钱出来修，这种是特别牛的牌坊，上面有"御赐"这两个字，有规制，长宽高多少，字怎么写，都按规制来。另一种牌坊是民间自己请人修建的。首先民间向政府报告有一个节妇烈女很好，事迹很感人，但是礼部看了以后，可能认为符合国家级表彰的标准,可以修一个牌坊,但是政府不出钱,民间自己集资修建,所以这种牌坊会比官制的小一点儿。

在棠樾村牌坊群中,最大的一座贞节牌坊,属于封建社会认为最杰出的一个妇女。这个妇女刚结婚没多久,先生就去世了,她一直守寡,孝敬公婆,为老人送终,守寡长达30多年,这是当时国家认为最值得表彰的妇女。其他的牌坊,背后也都是各种节妇烈女的故事,丈夫死了,自己不嫁,守住贞操,完善道德之身。

当然,牌坊种类还有很多,贞节牌坊只是其中一种。在民国以前,中国乡村古镇上有很多牌坊,表彰目的各不相同。比如有

安徽棠樾村牌坊(摄影/施群)

户人家考科举特别厉害,出了三个进士,也会立个牌坊,作为表彰。大部分牌坊都是人死以后修的,有个别的人由于特别杰出,政府或当地人也会在他还活着的时候,就给他立一个牌坊。

如果死者特别伟大,生者还会为之修一座纪念馆或纪念堂。这意味着死者的地位非常之高,比如我们看到的林肯纪念馆、毛泽东纪念堂,他们都是历史上伟大的人,都是值得本国人民尊敬和爱戴的领袖,生者才会为他们修这样的纪念馆、纪念堂。

不管是祭祀,修祠堂,还是建纪念馆、纪念堂,这都是我们表达缅怀的方式。缅怀是人类进化以后,持续时间特别长的一种心情,我们不断地缅怀死者,缅怀前辈,缅怀先人,传达出我们对当下的一种期待,有时候,也反映出当下的一种焦虑。

缅怀的程度可大可小。一个人单独在屋子里痛哭,这时缅怀是一个活人和一个死人的关系。一群人缅怀一个人,这就变成了一群人和一个人的关系。如果这群人在缅怀中得出结论,要采取行动,那么缅怀就可能演变成一场社会运动或一场社会改革。

所以,生者与死者之间,通过哀思和缅怀,维持着一种长久的联系。这种联系,是个体生生不息、社会持续发展、人类不断进步的一个重要标志。

我从对抗疫烈士和逝去同胞的缅怀出发,想了这么多,更让我感觉到,这场疫情是对人类生存方式的巨大挑战,我们还有很多事情要做。我们不仅期待未来的公共卫生系统持续改进,科学技术迅速发展,特别是疫苗、特效药能迅速研发出来,同时,我们也要检讨自己,克制自己的行为,形成良好的生活方式和卫生习惯。

只有这样,我们才算真正缅怀了烈士和逝去同胞,我们才能够开启新的美好生活。

收纳记巧

我其实是一个挺爱收拾的人，但因为几十年来一直四处奔波，这个能力也就一直没有机会展现。这几个月我天天在家，这个爱好总算有了施展的机会。于是我发现，过去每天早出晚归，对家里的很多角落、很多物品都疏忽了，其实很应该收拾一下。

在收拾的过程中，我找到了很多过去的痕迹，同时也回忆起很多有趣的观察和体验。

关于衣服的很多"第一次"

收拾屋子的时候，归置东西这件事其实并不费精力，最让人犹豫不决的是取舍——这个东西是不是要放出来，或者是不是要扔掉。最容易让人无比纠结的是衣服。

人一生下来，就穿尿布，扔了尿布就开始穿衣服，一路过来当然会有很多衣服。过去，哥哥姐姐穿过的衣服，会给弟弟妹妹穿，弟弟妹妹长高了，衣服会传给更小的弟弟妹妹，衣服会流通、周转，所以不会感觉衣服多出来。现在，很多人是独生子女，又因为社会的经济条件、观念、审美等的变化，随着时间的推移、工作的变化，很多人的衣柜越来越满。

我也是如此，一收拾才发现自己居然有这么多衣服，而且有一些长期堆放在衣柜里，很久没有穿过了。

有很多衣服，当我把它们翻拣出来时，就会回忆起和这些衣服相关的故事。其中，我印象最深刻的往往是每一件衣服、每一类衣服的某个"第一次"。

比如我第一次知道衣服的牌子很值钱，而且牌子还很是个事儿，穿出去有面子，送人的时候别人会高看一眼，是在1991年。那个时候，我们刚开始创办公司，要卖8栋别墅，正准备借款。因为要借钱，有意愿出钱的一方就要来亲自考察一下我们的项目。他们从北京过来，我们除了接待以外，还想给他们送个礼。

我们在讨论送什么的时候，记不清是刘军还是小易提议说，应该送金利来。我当时对衣服的牌子完全没有概念，就问金利来是干什么的。他们告诉我，金利来是名牌衬衫。

我问："多贵？"

他们告诉我："大概几百块钱。"

我们那时候非常拮据，不仅发不出工资，而且连正常的生活费都很紧张。所以当时犹豫了一下，我就说："这么贵，那少买几件。只能给来考察项目的人买，其他人就别买了。"言下之意就是我们自己不能买。

过了半天，他们拎着个袋子，买回来了。我非常好奇地看了一下，袋子上画了个圆圈的标识。我当时非常不解，也非常心疼，心想：这个衬衫值好几百块钱？在1991年花几百块买一件衬衫，的确很奢侈。不知道它到底好在哪里，又不敢打开看，于是我问："这个东西，别人一定会喜欢吗？"

他们说："这是现在最好的名牌衬衫了，咱们送这个应该可以。"于是他们拎着这个袋子，晚上就给人送过去了。

我不知道别人会不会真的喜欢，还是仅仅表示一下感谢而已。但我在那个时候记住了，金利来是一个名牌，而且知道了牌子会把这些衬衫和我们穿的普通的衬衫，分出高下来。

这是我第一次知道这个牌子，当然之后我也留心观察，发现金利来在不断做广告，知道了金利来创始人的故事，也知道了金利来不光有衬衫，还有皮带、包，还有很多其他产品。所以1991年的时候，我印象中金利来就是一个伟大的品牌，它有最好的衬衫、最好的皮带。当然，后来我也知道了它是一个来自中国香港的品牌，和欧美一些更大的品牌相比，还是比较中档的，并不是一个奢侈品牌。

但不管怎么样,这是我在衣服品牌这件事上的启蒙。

在这之后"野蛮生长"的那个时期,大家多数时候在各地出差,穿衣服并不讲究,所以那个时候喜欢穿的衣服,实际上都是要表达自己的情绪。我记得那时候自己第一次放开胆子,自由地穿衣服,在一段时间里穿过很多红色的衣服,红衬衫、红西服、红色灯芯绒裤等等。

那是我第一次想用这样的方式来表达强烈的自由奔放又洒脱的个性。但是我在经历了很多事情以后,又在商场、社会上发现了很多原来不能想象的事,有一些非常离奇,有一些很丑恶,甚至很变态,也有一些让人痛心疾首。于是我一度喜欢上了黑色,坚决要穿黑色的衣服来表达对一些事情的不喜欢、反感,以及抵触。

当然,有时候我也会放松心情,去更广阔、更美好的地方,所以又喜欢上了白色。大体上,开始做生意的那10年间,我只穿这三种颜色的衣服:红的、黑的和白的。

我用这三种颜色来表达自己对世界的看法。这个世界,说到底就是这三件事情:自由、枷锁、希望。红色是自由,黑色是枷锁,白色是希望。

我就一直这么穿,以至于因为穿着还引出一个小故事。我后来才知道,我喜欢穿红色的衣服,在一些朋友眼里居然是一个比较怪异的穿法。当时我去香港，第一次和潘石屹去张欣那儿的时候，穿的是红颜色的衣服。后来张欣在一些场合就表达过，我当时穿着红色衣服给了她一个奇怪的印象。

所以，在收拾的时候，我需要扔掉一些那个时候的衣服，红的、黑的和白的，但又有一些舍不得。我觉得这些衣服曾经表达了我对世界的一些特别的看法。

另一件事也很有意思。衣服多了就得有地儿存放。我在做生意之前，觉得有几套衣服就够了，不需要太多存放的空间，一个单独的柜子也就够了。

而我第一次知道衣服其实可以用一个房间来存放，是在纽约。有一次我去纽约参观一栋别墅，别墅主人带我楼上楼下地看。那个别墅大概有500平方米，并不是特别大，但他居然拿了一整个房间放衣服，而且一边是裤子，一边是上衣，不同季节的衣服放在不同的位置，即使是配饰、领带之类的，也都有专门的一个小空间。当时我就有点儿不理解，我说："有这么多衣服要放吗？中国人大体上不会有这样的需求。"

可是后来，我做房地产生意，慢慢地盖的房子多了，客户的要求也多了，需求也越来越具体，其中一个重要的需求是必须有一个步入式衣帽间。步入式衣帽间就不是一个简单的大衣柜，而是一个房间，人可以很舒服地走进去，然后把衣服挂起来。于是，步入式衣帽间越做越大，我现在也有一个房间专门放衣服了。

于是我发现，是需求引领了房地产行业的发展。步入式衣帽间的需求拓宽了我们对户型的认识，使我们对房间功能、对生活方式的理解加深了。而且随着经济的发展和人民生活水平的提高，我当时在纽约看到的用一个房间来放衣服的做法，现在在中国很多中高档的住宅里，已经是标准配置了。

我第一次知道穿着不仅是要把衣服穿好，还要有与之相配合的饰物，比如要不要戴戒指，要不要戴领带等等，是在我做"新城国际"项目的时候。

当时这个项目在资金上遇到了瓶颈，要去融资。通过一个台湾人的安排，我和经理去英国融资。我们被告知，要穿非常正式的西服。除了穿西服，这个台湾人还教我们怎么打领带。这是我第一次知道商务上服装也很重要。穿了正装以后，他还提醒我，一定要戴上戒指。在英国，戴戒指表示你有家庭，你对家庭负责任，这样的话别人会更信任你。

于是我和经理专门在万通新世界广场楼下的周大福金店选了戒指，戴在手上。我们把一切准备好，穿上正规的西服，打了领带，还配了戒指。虽然我们知道这些只是道具，但是我们还是很隆重、很认真地对待。

结果，到了英国以后，这个台湾人又介绍了一个香港人给我们，这个香港人又带我们坐火车，到了英国乡下的一个庄园，见到一个面目清癯、抽着雪茄的老者。他说能帮我们融资，然后我们把一些旅行支票换成了现金,放在他的桌子上,他给了我们一个信封,说拿这个信封到哪里兑换,然后帮我们融资。我们那时候特别急着用钱,但是又没有判断力,居然感恩戴德,把自己拿过去的现金留在人家那里,拿了信封就回来了。

拿回来以后,我们到银行去,请求银行帮忙用这个来抵押融资。银行告诉我:"你被骗了,这个东西一文不值。"当时我们就蒙了,非常恼火,就去举报,然而过了好多年,也没有抓住这几个骗子。

接到举报以后,国际刑警也对此案件进行了研究,并试图通缉他们,但是发现这是一个高智商诈骗犯罪集团,所有作案的人和签文件的人,都利用了国际间法律的空子。

比如,他们有的人在英国做这样的事,但是公司设立在离岸岛上,同时他可能在法国又做了一个什么架构,通过这个架构给一个人一些钱,这个人拿着护照,再进行具体的行动。这样一些人组成了一个集团来骗钱,每一个案子涉及的金额也不多,骗十几万美元。

当时警方跟我说:"像你们这样的案件,在中国就有 4 起了。"而我们又不可能为十几万美元跟他们玩命,这个团伙就这么积少成多,在世界各地行骗,一年少则几百万美元,多则上千万美元,骗完以后,受害者还没法儿起诉他们,也抓不到他们。

这是我第一次特别认真地穿着好衣服去办事,最后留下的,却是一个特别窝心、撮火的记忆。

我第一次知道全世界著名的那些品牌衬衫实际上可以在同一个工厂里生产这件事，是在江苏。

我有一个同学，拥有衬衫行业里数一数二的加工企业。他的企业位于江苏，离上海郊区不远。有一年秋天，他请我们去吃大闸蟹，然后参观他的工厂。

到了工厂我才知道，这一大片厂房里，有几万工人在做衣服。我说："怎么这么多人？"他告诉我："世界上的大牌衬衫，都是在这儿做的。"

我说："这么多品牌，不是都不一样吗，怎么都在你这儿生产呢？"

他说："品牌是不一样，但大部分都是我在做。质量其实都很好，但是他们是不同的品牌，针对的是不同的客户。"

我说："那你赚多少钱，他们又赚多少钱呢？"

他说："一件衬衫，我收12美元。他们可能卖200美元。品牌的拥有者，可能在卖80美元的时候就不赔钱了。"

而80美元到200美元之间的部分，可以说基本上都是利润，所以这些品牌只需要卖出1/3的货，就赚回本钱了，剩下的产品，中间商可以不断地打折，最终到了奥特莱斯。

所以，为什么奥特莱斯可以降价这么多？他说就是因为加价空间。这些品牌商挣的钱最多。而他这里的出厂价是12美元，刨去成本，一件衬衫他只挣 3~5 美元。

这是我第一次知道奢侈品原来是这么来经营的。在服装厂里几万人在同一个时空里加工不同的品牌，最终让我们在市场上看到各种大牌衬衫。而这个产业的上下游分工、分配，以及内部的运营模式，让我感叹商业的力量和品牌的力量。

我的"军装"

在我要收拾的衣服当中，我最喜欢、最让我纠结、最难取舍的是军装。我没当过兵，但是我却超乎寻常地喜欢军装。喜欢军装，于我而言，是一种情结。起初是因为军装有一些特别的功能，比如军装大部分为户外运动而设计，看似用料不太讲究，但耐磨耐损，比许多户外休闲装要耐穿很多。

当我开始收集、比较各国军装的时候，我发现军装也有一些演变，在对抗性上越来越强。比如现代军装在肘部等特别部位加固了很多，更耐磨、更抗冲击。跟军装搭配的鞋子也在演变。美国军装中有一类鞋，黑色的，有一个钢头，国内一些警用鞋也配备了，这种钢头本身并不增加鞋的重量，但是它的保护功能很强大：假设石头砸到你脚上，有了这个钢头，你跟没事一样，可以继续行走；你一脚踢到石头上，也什么事都没有。所以这类军装的对抗性特别好。

我喜欢穿军装，一开始是因为它耐磨耐损，对抗性强，也因为它穿起来有一个好处——酷。它让我显得挺拔，有力量。休闲装穿起来宽松、方便，但软趴趴的多，而军装考虑到人的活动，所以也比较宽松，但它总体来说比较有型。特殊的材料、内衬和缝线方法，使得军装看起来比较硬挺，能够展示出穿衣者非常硬汉的一面。

我喜欢穿军装的另一个原因是，军装、军包有一些特殊功能，让我觉得很新奇，我很喜欢。就拿背包来说，有一种背包配有特别的开关，按下这个开关，背包就自动弹脱下来。在紧急情况下，比如短兵相接需要紧急卧倒或者急行军时，如果按照传统方式把背包卸下来，动静太大，而且不太方便。像这样直接让背包弹脱，你即刻就可以奔跑，可以轻松加入搏斗。

军装本身的功能也很有意思。有一类军装，从各种方向都可以撕开，很容易撕成各种形状，条状、块状、绳状都可以，撕完了就可以直接用。咱们老百姓的衣服，在紧急情况下不好撕。军装这种功能则能满足战地上紧急包扎和救护的需求。

另外，有的军装做了一些特别部位的设计，当你实在没饭吃，快要饿死的时候，可以撕下来吃掉，这样能让你坚持活一阵子。这些特殊的功能，的确让我非常喜爱军装，更不用说还有一些小玩意儿，包括手套、包、帐篷、睡袋、化装的油彩，甚至是包头的头巾等等，这些大大小小的和军装有关的用品，都是我收集的对象。

所以现在要收拾这些东西，我犯难了，一共有几大柜子，光汗衫就有好几百件，怎么办？扔还是不扔？这都是问题。一纠结，我就想起来，军装给了我很多美好的回忆，包括一些有趣的故事。

在美国，军装都在军需店里卖。因为我特别喜欢军装，所以旧金山附近的几个卖军装的地方，我都特别熟。"9·11事件"之后不久，我跟王石去美国，到纽约看了灾难现场，又回到旧金山，我跟王石说："咱们去看看军装，买军装。"他也挺有兴趣，于是我们就到军需店，一下子买了大概可以装备一个排的军装，各种衣服、鞋、包、帽子，还包括录像带。那些录像带除了介绍这些军装，还有一些特种部队的训练内容，介绍他们怎么穿、怎么用这些服装。我俩买了很多，结果没想到，等到我们去交钱的时候，收钱的人非常怀疑地看着我们说："你们是军人吗？"

我说："不是。"

"那你们为什么要买这么多军装？"然后他就叫来了经理，经理更详细地盘问了半天，我们才知道，他怀疑我们是恐怖分子，买这么多军装是为了给一些特殊人员做装备。

后来我们告诉他，我们就是喜欢，没什么特殊目的。他把我们的电话、名字、住址等详细信息都记下来，才卖给我们，但他还提醒我们，如果只是普通老百姓，就不要穿着军装到处走，很容易让人误会。这是我觉得特别有趣的一件事。

还有一件事让我记忆深刻。"9·11事件"之后，美国和萨达姆干了一仗，这就是"沙漠盾牌""沙漠风暴"行动。萨达姆跑了以后，美国悬赏2 500万美元捉拿他，他手下的一个保镖经不住诱惑，把他出卖了。最后美国特种兵抓到了萨达姆，他当时穿的军装，被特种兵扒下来，当成一个特别的战利品。后来谷歌上有人要拍卖这件军装，我喜欢军装，对萨达姆的故事也非常有探究的兴趣，所以专门安排人帮我竞拍。这件军装8万美元起拍，我当时觉得过了10万美元，就不太值得买了，最后拍到了一个很高的价钱，我就放弃了，这件军装被别人买走了。

事后我又觉得，不能太在乎价钱，既然喜欢，无论如何都应该把它买下来。我喜欢军装，却错过了这么一个收藏机会，这也成了我的一个小小的遗憾。

因为喜欢军装，我还参加了一些组织。在北京，有很多喜欢军装的发烧友，爱好收藏军装，后来变成军迷，有4 000多人，我跟这些军迷有一段往来。最有意思的是，他们每年都会穿自己收藏的军装，开一个小规模的派对，就不同的军装比试、交流，进行军装秀。

在这个过程中，大家还会拍一些小短片，我一度跟他们走得很近，经常参加活动，甚至还资助他们拍了一个十几二十分钟的短故事，这是一个很大的乐趣。通过军装，有时候我也会认识一些朋友，比如说蒋磊。直到今天，我经常穿的、大部分改良过的军装，都是蒋磊做的。

　　蒋磊是铁血网的创办人和CEO（首席执行官）。我因为喜欢军装，又成为军迷、军事爱好者，然后开始了解国内和军事有关的一些网站、书籍和电影。互联网兴起以后，我注意到有一个网站叫铁血网，是国内最大的军事内容的垂直门户。我很留意，慢慢就想着，有机会要认识铁血网的创办人。后来我就和蒋磊认识了。蒋磊是清华大学毕业的理工男，家里和部队有某种渊源，他喜欢军事，所以在学校的时候，就创办了这么一个军事内容的网站，一直坚持到现在。这个国内最大的军事内容门户网站，发布了很多军事信息、游戏，还有一些特别的小说，他们也试图拍一些影视剧。我跟蒋磊认识之后，有很多交流，觉得他非常有意思，也关注到他的企业的发展。

　　后来蒋磊上了湖畔大学，我们有了更多的直接交流。有一次去蒋磊的公司，看到边上有一个卖服装的商店，我非常好奇，在那里转悠，跟他讨论起军装的事。这时候我发现，原来蒋磊的公司除了门户网站的广告，更重要的，甚至是最主要的收入，其实来源于卖"军装"。我一下子就兴奋起来，跟蒋磊，还有他公司里负责军装的人一起讨论、交流。

　　他们给我讲了做军装和研发军装的经历。他们很聪明，把世界各种军装的优点，整合在自家的军装上，做成"类军装"，就是类似于军装的服装。他们的品牌叫龙牙，因为吸取了各国军装

我与龙牙

的优点，又适合中国人的身材，所以体验感非常好，穿上并不会让人觉得突兀。真正的军装，穿上以后出现在商务场合甚至休闲场合，别人肯定会觉得有点儿怪。蒋磊的龙牙不是这样，猛一看，它和休闲装差别并不大，但你若从功能上仔细研究，就会发现它还是比休闲装具备更多的军装功能，对抗性、便捷性、功能性都特别好。

比如说一件汗衫，龙牙的汗衫胳膊上有个小兜，可以放重要的小物件，比如信用卡、名片夹；还有一种汗衫，带纽扣，纽扣底下缝了一个小绊绊，可以把眼镜这些东西挂在上面。另外，龙牙的裤子透气性、防水性好，可以速干，这些功能我非常喜欢。

就是在那家店里，看到我那么好奇和兴奋，蒋磊就说："既然喜欢，那么能不能给我们推广一下？"我很乐意替他推广，于是就成了他的义务推销员，在很多场合都穿龙牙的衣服，也跟很多朋友介绍这些衣服的好处。而且龙牙四季衣服齐备，所以，我时常穿着。从那时到现在，将近10年了，龙牙一直是我西装之外休闲类服装中最喜欢，也穿得最多的衣服。

有时候，我自己去他店里头选衣服。蒋磊的店开的地方也很特别，既不在购物中心、百货公司里，也不在街上，而是在写字楼里。喜欢他家衣服的人，是目的性很强的消费者，比如像我这样的人，不管店开在哪儿，只要从附近经过，一定会抽空去。这样一来，店面的租金低了，真心喜欢的人照例会专门去店里选购。所以我每隔一段时间，就会跟蒋磊打个招呼，请他安排商店的人等候，我忙完工作就直接过去选购，他有时候也会送我一些新款，这样我的衣柜里就堆积了很多龙牙的衣服。

现在，纯粹的军装我几乎不怎么碰了，休闲时间最常穿的都是龙牙这种类军装。蒋磊的这家公司也发展得非常稳健、成功，获得了包括经纬创投等一些机构的投资，也在三板上市了。他们做的衣服不仅受像我这样的军装爱好者喜欢，武警和一些特殊安保部门，甚至一些部队，也会采购他们的服装。

这真是有趣，因为喜欢军装，我意外收获了友谊，和龙牙有了这样的不解之缘。

还有一件事很有意思，也是因为爱好军装，我会特别注意一些民间高人。有一次我偶然看到一部中央电视台的纪录片《探寻神功》，只见一个年轻人能爬墙，会飞檐走壁，身怀绝技，非常厉害，我看得很入迷。于是我就请中央电视台的朋友帮忙，看能不能找到他，后来终于找到了。

这个人叫葛强，出生于宁夏石嘴山，家境不是很好，但是他很顽强，喜欢爬墙，这是一个特别奇怪的爱好，但他真的喜欢爬墙。

我第一次见到他，他给我看他的手，他的手指头可以弯成90度，像钩子一样。我说："你这是怎么弄的？"他说："爬墙主要靠手扒得紧，所以练着练着，手指头就弯到了90度。"

虽然一般人的手指也能弯到比90度更小的一个角度，但是他的很不一样，变成90度时手指坚硬如铁钩，非常有劲。于是我说："好，你能不能就在北京待下来，我帮你做一家公司，我们看看怎么样能让你这个技能更有商业价值。"后来我拉来另一个朋友，我们两个人出钱支持葛强，给他办了一家公司。

公司成立后，白天经常找不着葛强，我问他在干什么，他说在睡觉。我说干吗白天睡觉，他说没办法，因为晚上要训练。我说："你干吗晚上训练？怎么训练？白天不能爬吗？"他说："白天爬，在北京容易被人抓住，以为我是小偷。"我说："晚上人们都睡觉了，你这时候爬不是更像小偷？"他说："所以我都是在深夜，或者天蒙蒙亮的时候，找地方练习爬墙。"我说："你这也爬得太神乎了。"

我知道，他这不是小偷行为，而是真的在训练，他爬墙的本事特别好，我觉得他是全国最能爬墙的人。后来，宁夏银川的金鸡百花奖颁奖礼，还专门请他表演了一段飞檐走壁，三四米高的墙，他能就这样徒手爬上去，借力打力，蹭蹭蹭就上去了。

另外，他还是武警一个部门的训练教官。更令人称奇的是，他居然花时间把中国古往今来跟爬墙有关的文献整理起来，写了一本书《中华武术轻功——飞檐走壁》，专门写爬墙，而且已经由解放军出版社出版了。

这是我由于喜欢军装、军事，认识的最奇的一个人。后来我们这家公司并没有赚钱，葛强也娶妻生子，最终回到了老家。现在我们有些日子没联系了，但是我在收拾军装时，又想起了葛强那段爬墙的传奇人生。这也是我在喜欢军装的过程中，收获的一个奇遇和惊喜。

我和小宝的二三事

我们家原本有 8 只猫。去年，猫妈妈和它的大儿子阿宝相继死了。阿宝去世以后，我的心情一直很不好。之后就想买一只同样品种的雄性美短（美国短毛猫），让它代替我心目中阿宝的角色。没想到，买回来的这只小猫特别活跃，上蹿下跳个不停。

因为猫多，添猫砂、给猫铲屎、喂猫草就成了一件辛苦事。虽然它们吃东西、大小便都会去固定的地方，但时常会呕吐，这很让人伤脑筋。它们会在主人在场或不在场的时候突然吐下一摊，也不提早打个招呼。猫会用舌头为自己清洁和梳理全身，舔下的毛就会进入它们的胃里，家人需要经常喂食新鲜的猫草，帮助它们把吞到胃里的毛球排出来。

于是，地上、沙发上，甚至写字台上都会经常留下它们的呕吐物，黏黏糊糊的，看上去像屉屉一样，让人觉得不舒服。这就得及时清理。我也要做这个工作，偶尔也铲铲屎，擦干净呕吐物，

小宝

给这些宠物做后勤,料理它们的生活。

这也是收拾的过程中,我的难题和乐趣。

在这个过程中,我开始更多地关注代替阿宝的这只小猫。因为它是新加入的,我很好奇它怎么跟原有的这6只猫打交道,又怎么跟我打交道。我好奇它会怎么样成长。

因为它是代替阿宝的,所以我们给它取了个名字,叫小宝。我希望它长大以后,就是另一个阿宝。

一开始,小宝跟原有的这6只美短看似一样,但是我总觉得它的毛色、眼神，还是有所不同。越看越觉得不一样，于是我就怀疑是不是买错了。

首先，小宝的毛色比较重，背上有很粗的一条黑油油的条纹，而其他 6 只美短背上就没有。而且，它的肚子很大，坐着的时候，是梨形的。另外，它的眼神非常机灵，瞪得溜圆，附近有任何动静，它都会有强烈的反应。

我开始好奇，它到底是什么来路呢？后来一个年轻朋友过来聊天，看见小宝和其他几只猫长得不一样，就拿手机一检索，说："它一定是美短和狸猫的串儿。"也就是说，小宝是美短和狸猫的混血。我心里便有一些些失落。之后，朋友又说，小宝的上一辈——美短和狸猫，应该都是很好的品种，所以小宝的品种也是很好的。

听朋友这么一说，小宝在我眼中，似乎立马就"高贵"了起来。其实人也是这样，本来看上去很普通的一个人，要是有人说他爷爷是某个名人，周遭的人可能会立马高看他一眼。如果他爷爷是个特别牛的大人物，有些人见到他时，可能不仅要高看，甚至连下跪的心都有了。

当得知小宝可能出身名门之后，不光是我，家人也都对小宝高看了一眼，每天会花更多的时间跟小宝玩，甚至在跟猫咪们玩的时候，都愿意多抱一抱小宝，对其他 6 只猫的关注和陪伴反而减少了。我突然觉得好奇怪，一开始，因为它看起来像个串儿，我们是有些嫌弃它的；只是因为一个人对它的身世做了另一种解释，让它似乎有了一个名门背景，它便得到了我们更多的关注和宠爱。这和人世间的故事何其相似！

因为整天宅在家里，时间多了，我终于有时间和兴趣观察猫的习性。

以前，家里的那些猫，从婴儿、青少年，长到青壮年、中年，再到现在的老年，我都一直关注着，但它们到底是何时开始由活泼顽皮变成现在这样从容淡定的，当初它们又是如何与我们建立远近亲疏、各不相同的关系的，我其实已经有些淡忘了。最近我有时间天天陪小宝，才终于有机会慢慢了解它跟我们，跟其他6只猫建立关系的方式和过程。

小宝来我家的时候刚满4个月。作为一个彻头彻尾的外来者，它跟其他6只猫相处时非常警惕，总是将小巧的身体藏在犄角旮旯里，出来溜达的时候基本用"蹿"的方式。但它毕竟年纪小，而且生性顽劣，常常会用它的前爪冷不丁撩拨一下其他的猫，如果得到愤怒的回应，它就会迅速闪避开去。但是它并不畏惧，还是会锲而不舍地招惹其他的猫，尝试跟它们建立关系，和它们一起玩。

6只猫对小宝的态度起初是完全嫌弃和排斥的；渐渐地，一只叫木兰的猫开始接纳它；大约两个月后，小宝已经可以和其他猫自在地相处了，虽然它的顽皮时常会招致老猫们生气并发出类似恫吓的声音。

这便是小宝在"猫界"取得认可的过程和方式。

它跟主人建立关系的过程也是这样，刚开始非常警惕，我们摸它时，它会迅速地伸出爪子，一副要攻击的架势。经过一段时间的相处后，它确认我们对它是善意的，便开始接近我们了。突然有一天，当我唤着它的名字向它走近时，它竟放下所有的警惕、恐惧和排斥，"嗖"地蹿到我面前，在我脚上左磨右蹭，接着竟四仰八叉躺到地上，扭动着开始变得胖嘟嘟的身子，翻过来又滚过去，任由我在它软软的肚皮上揉搓！

解除戒备的小宝，开始展现出一种媚态。它会在我读书时跳到我腿上，把小脑袋往我怀里钻，或者拿爪子在我脸上抚摸，用鼻子嗅我的脸，仿佛是想逗我开心。它还会撒娇，有时候会发出一种很像要跟我诉说衷肠一样的浅浅的叫声。我觉得这种娇态是想让我抱抱它，跟它玩会儿。而这个玩耍的过程，也会让我觉得很放松，很暖心。

于是我就想，原来这就是宠物。动物为什么会变成宠物呢？为什么它会从一开始警惕，到慢慢开始认主，最后表现为依赖、撒娇、献媚，而且百分之百地信任主人，同时想办法让主人百分之百地信任它，喜欢它，宠它呢？

这个转变的过程非常有趣。我想来想去，只有一个理由，那就是我管它吃喝！假如它不能每天从我这里得到足够的猫粮，而

我与小宝

是像野猫一样有"衣食之忧",每天要到处找吃的,它还能有心情对我依赖和献媚吗?它可能早就跑掉了,因为它要找东西吃。

所以,从一个野兽或者野生的动物,变成一个家畜或者宠物,最直接的一个条件就是有人饲养,而且是定时、定点地饲养。这样它就失去了为生存而努力的动力,它所有的精力都会用来表达对主人的感谢。

怎么表达它的感谢呢?那就是认主、依赖、撒娇、献媚。它每天要做的就是这四件事,因为主人管了它吃喝,通过管吃喝剥夺了它为生存而奋斗的能力、机智和勇敢，它不需要奋斗了。

人也一样，一个人在社会群体中，如果有人能够管他吃喝，让他衣食无忧，他也会感恩，甚至是认主，表现出依赖感。当双方都需要的时候，他也会撒娇、献媚，取悦对方。所以，宠物是这样养成的，人类中类似的关系也是这样出现的。

这两三个月里，小宝每天陪伴着我，起初我以为它是家里所有的猫里边最勇敢的一个。遗憾的是，有一天我出门，等电梯的时候，家人试图让它送一下我，抱着它走近电梯，没想到它听到电梯下行的声音，竟然不顾一切地拼力挣脱，兔子一般飞速逃进家门！

于是我又有一个发现：猫一旦由动物变成宠物，就胆小如鼠。为什么胆子变小了呢？大概是它害怕在外面冒风险，怕出去之后失去衣食无忧的生活，于是变得懦弱了。

而在衣食无忧的环境里生活得越久，胆子就越小。它也有既得利益，它不想放弃。怎么样才能不放弃呢？那就是谨慎、胆小，往安全区、舒适区跑，而不要出门冒险。

其实人也是这样，一旦有人提供衣食、房子、汽车之后，人也会变成"宠物"。变成"宠物"以后，人也会越来越胆小，除了对提供这些物质的人感恩、献媚之外，也怕失去现在所拥有的，于是也会本能地找舒适区，往回缩，而且要找到绝对安全的地方。

慢慢地小宝长大了，从一只小奶猫长到比其他猫都要壮硕。

每天早上醒来，看见它窝在我的书桌上呼呼大睡，我就忍不住想要抱一下它。

每当把它抱进怀里，我感觉它就像一个婴儿一样，表现出各种天真、好奇、无邪。它会用小爪在我脸上抚摸，让我感觉到，我对它的那份爱，似乎终于有了着落。

当小宝成为宠物的时候，我们也成了有满足感的主人。当我们在给它提供衣食无忧的生活时，就变成了它的主人，变成了它的主宰者，变成了它生命的依靠。从此，它负责献媚，我负责满足。

这就是我和小宝的关系。通过给它铲屎，偶尔处理它的呕吐物，以及和它相处，我终于明白人世间的故事，原来在猫的世界里同样会发生。

盒子

收拾东西也有很多技巧和方法。

我从我妈那儿学到的方法特别简单，那就是要处理好"废"与"用"的关系。也就是说，有一些东西要扔掉，有一些要留下。

收拾东西的时候，要舍得扔，如果不舍得扔，屋子就永远是乱的。要不断决定哪些要留，哪些要扔。留下要用的，扔掉那些现在没用，或者估计以后相当长时间里都没用的东西。舍得扔，只留下有用的东西，屋子就整齐了。

在取与舍的过程中，最难的是判断一个东西有用还是没用。当然，"有用"除了指东西本身的功能以外，实际上还有一些是它与你的记忆以及情感之间的联系，也就是说，既有物质层面的有用，也有精神层面的有用。

有一些东西，可能曾经有用，但以后没用了。比如说一双鞋，过去穿着挺合适，随着体形的变化，你的脚型也变了，或者因为年纪大了，你需要更舒服的鞋子，那它对你来说就没用。而且，它对你来说没用了，对别人也许还有用。

在取舍的过程中，还要判断东西是真的有用还是假的有用。在判断真假的过程中，就需要把很多东西的包装去掉，露出它们真实的面貌。

现在包装业发达，厂家为了营销，以及出于其他各种原因，让很多东西都有非常精美的包装。一些物品，尤其是礼品，拿回家之后，因为自己不急用或者忙，也就没有拆开包装。这就给收拾的过程增添了很大的乐趣，那就是我需要把包装统统拆了扔掉，然后留下有用的东西。

比如茶叶，通常的茶叶礼盒是一个纸袋子里装着一个很复杂的盒子，盒子往往花哨、厚重，体积很大。盒子里面才是装着茶叶的罐子或者袋子。其实，把外面的盒子、纸袋子都扔掉，茶叶占的体积通常很小。

所以我在收拾东西时的一个乐趣,就是拆包装,不停地拆,不停地扔。把包装都扔掉,露出里边真正的东西时,再来看它到底有用没用,是过去有用,现在有用,还是未来有用。有用就留下,没用就扔掉。这个过程还是很令人愉悦的。

毕竟,有些东西如果不扔,会越来越多。即便扔了一些,还会留下不少。这时那就还要处理好一个关系:藏还是露?有些东西有用,而且你可能马上会用,就把它们露出来,让你能看到。还有一些东西以后有用,甚至是相当长时间以后才会有用,就可以把它们塞在某个地方,先藏起来。所以,要善于藏,也要善于露,这是我从我妈那儿学到的另一个收拾东西的技巧。

收拾东西还有一个技巧。那就是要不断把它们擦干净,放整齐。怎么放整齐?这就要说到盒子的重要性。在摆放东西的过程中,盒子非常重要。

历来人们收藏东西都离不开盒子。在以前没有盒子的时候,大家把东西放在哪儿呢?可能会藏在地下、地窖里。我在台湾碰到一个老者,他曾经在青岛生活,是地主。他们家的东西都藏在哪儿呢?藏在一个大罐子里。盒子制造不发达的时候,人们用的是陶瓷的罐子,把金银财宝藏在罐子里以后,在家里的饭桌下挖一个洞,埋在下边。这样的话,全家人吃饭的时候,都知道吃了这顿还有下顿,因为在饭桌下边还放着一罐子金银财宝。这是一种藏法。

我有一次去江西,发现过去的一些财主藏东西也很有意思。

他们有很多种藏法。

一种是在院子里挖个坑,把东西埋在地下。还有一种是把东西藏在墙壁中的夹层里。夹层很不容易被发现,这样的话,外人即使把屋里翻遍了,也可能因为忽视夹层而找不到东西。

据当地人讲,这两种藏法,在"打土豪、分田地"时都没用了。那时候,抄大户的人非常有经验。

他们怎么找地下埋的东西呢?进了院子以后,他们就给院子里浇水,浇足了水以后,埋东西的地方一般会陷下去,顺着坑挖进去,就能把埋着的东西取出来,一般都是财宝。

此外,进院子以后,拿根绳测量墙壁的厚度。如果发现墙这头到那头的厚度不一样,那就说明里面有夹层,把墙劈开,就能找到里面藏的东西。

所以,在没有盒子的过去,人们放东西常用罐子,并且把贵重物品放进罐子后,还会藏起来。后来有了盒子,人们便用盒子收纳,大家发现要在空间有限的房间里把东西码放得整齐、干净,而且合理,很多时候都需要靠盒子来实现。当然,现在人们不需要像以前那样费尽心思藏东西了。此时,如何收纳成为人们关注和关心的问题。

所以,生产各种各样的收纳盒,成了一门很有趣的生意。比如日本的无印良品,店里除了衣服、箱、包之外,很重要的一类商品就是收纳盒。在日本,很多店都售卖大大小小、各式各样,具有各种功能的收纳盒。由此可见，在日本人的家居生活里，收纳盒必不可少。

用不同颜色、不同类别的收纳盒收纳不同的东西，分类也很容易，摆放也整齐。更重要的是，收纳盒上面有专门的地方贴标签，贴了标签以后就很容易知道收纳盒里放的是什么，很容易辨识，也很容易寻找，将来要用的时候很容易拿出来。所以我在收拾东西的时候，专门找了各种各样的盒子，这些盒子承担了收纳的功能。

而通过这些盒子的摆放，我又想到，我们做房地产生意，在设计住宅时应该考虑怎么样可以方便收纳，怎么样让一些看似不重要的空间能够尽可能地把东西收纳起来。在这一点上，日本的住宅设计是非常棒的。

我们在西安做梧桐公寓的时候，请意大利的设计师来设计内部空间的切割，以及装饰设计，其中一个需求就是要把空间的收纳功能做好。于是设计师把很多通常会被浪费掉的空间做成了收纳空间，比如沙发下边做成了抽屉，床下边增加了抽屉，等等。这些设计看似不经意，没什么特别，但用起来非常方便。

我在日本观察过一些住宅，发现日本的住宅在收纳空间的设计上下了功夫，以至于100平方米的房子，会在观感上比国内一些130平方米的房子还要大。

当然日本用的是使用面积，我们是建筑面积，有一个折算比例。就算把这个因素剔除掉,我们拿净面积来比净面积,同样的100平方米,由于他们的收纳空间做得好,而国内的很多房子收纳空间做得不够好,不够讲究结构,我们这边的房子还是会感觉小一些。所以,收纳空间的设计在住宅建造上特别重要。

其实再仔细想,盒子的功能、收纳的概念,在社会生活中其实无处不在。比如拿整个社会来说,我们盖了很多房子,这些房子是干吗的?是收纳人的。不同的房子收纳不同的人。居家过日子,我们就被收纳在住宅这样的盒子里。有人犯罪、坐牢,那就是被收纳在带铁窗、进去就不好出来的盒子里。如果你上班,你就被收纳在写字楼这样的盒子里。坐游轮,那就是被收纳在一个在海上漂浮的盒子里。人死了,也被收纳到一个盒子里,这个盒子叫棺材。还没出生的婴儿实际上也在一个盒子里,这个盒子叫子宫,大概要待 10 个月。

从某种意义上讲,人这一辈子,其实就是在不断地被收纳。被爱你的人、恨你的人、管你的人、统治你的人、奴役你的人、给你自由的人……收纳。你是被收纳的"物件",只不过是在人生的不同场景、不同盒子里转换而已。我们在屋里收纳物件,而我们出了门,行走在街上,进入社会,我们又被政府、被市场,被更强大的力量收纳到不同的盒子里,成为不同的角色。

形形色色的收纳之下,社会秩序井然。人类的发展也因此变得有规则,生命也在轨道和规则当中持续地生长。

一间屋子总是要不断收拾。在收拾的过程中,你会有很多取舍要做,也会有很多的归置工作。在这个过程中,我们收拾了屋子。换个角度想一想,我们收拾了屋子,同时似乎也被社会收拾了一遍:我们收拾了过去的情绪,收拾了过去的回忆,收拾了过去的盒子。我们终于可以像主人一样自由快乐地与物件相处,与宠物相处,与我们自己的生命相处。

避疫书单

1. 戴维·戴恩《房奴》，上海译文出版社，2019
2. 丹·克鲁克香克《摩天大楼：始于芝加哥的摩登时代》，北京燕山出版社，2020
3. 布莱恩·费根，纳迪亚·杜兰尼《床的人类史：从卧室窥见人类变迁》，贵州人民出版社，2020
4. 张磊《价值：我对投资的思考》，浙江教育出版社，2020
5. 袁伟时，马勇《从晚清到民国》，现代出版社，2017
6. 雪珥《危险关系：晚清转型期的政商赌局》，山西人民出版社，2015
7. 卢淑樱《母乳与牛奶：近代中国母亲角色的重塑（1895—1937）》，华东师范大学出版社，2020
8. 老子《道德经》，北京联合出版公司，2018
9. 庄子《庄子评注本：全 2 卷》，北京联合出版公司，2015
10. 鬼谷子《鬼谷子精注精译精评》，线装书局，2014

11. 刘义庆《世说新语》，北京联合出版公司，2020
12. 太公望，黄石公《六韬·三略评注本》，北京联合出版公司，2020
13. 鲁迅《鲁迅小说：呐喊·彷徨》，人民文学出版社、江苏广陵古籍刻印社联合出版，1998